息子のボーイフレンド

秋吉理香子

Rikako Akiyoshi

U-NEXT

息子のボーイフレンド

目次

第1章　莉緒

バチがあたったのかもしれない。

わたしにはそうとしか思えなかった。

「それ、本当なの?」

自分でも気づかないうちに声が震えていた。目の前でうつむき、肩を震わせている聖将《きよまさ》の姿が、幻のようにかすんで見える。

そもそも、不自然だと思ったのだ。

思春期まっさかり、高校二年の息子は母親と一緒に歩くのもいやがり、コンビニで偶然会っても無視を決め込んできた。何かあるたびに「オカンうぜえ」と吐き捨てる。そういう年頃だ。

それが珍しく、ランチをファミレスで食べようと誘ってきた。今日は一学期末の試験の最終日。午後一番に帰宅したところだった。

「いつから……？」

「わかんない。気づいたら、そうなってた」

聖将は消え入るような声で答えた。唇の上に汗がたまっていた。産毛は、もう髭と呼べるくらい濃くなっている。時々、夫の電動髭剃りで剃っている息子を見て、そろそろ専用のものを買ってやらなくちゃと考えていたところだった。

「なんで？　どうして？」

気づかないうちに、責めるような口調になっている。ダメだ。こういう時は責めちゃいけない。これは聖将のせいじゃない。聖将だって苦しんでいるんだから。

「理由があるんだったら、俺だって知りたいよッ……！」

搾り出すような聖将の声に、ぎゅっと目をつぶる。ああ、これは夢でも悪い冗談でもない。現実なんだ。

ここがファミレスでなかったら、叫びだしているかもしれない。衝動に任せて、聖将をひっぱたいているかもしれない。

わたしは深呼吸して、目を開く。膝の上に置かれた自分の両手が、硬いげんこつになっていた。

確信犯だ。聖将はわたしの性格をよく知っている。だからわざわざファミレスに誘ったのだ。人目のあるところだと、わたしは決して逆上しない。どんなに動揺しても、怒っても、ぐっとこらえて冷静に振舞う。そんな高校生らしくない計算をしてまで告白する決心をした息子を、愛しんでいいのか、哀れんでいいのかわからなかった。

「それで……」

言いかけた途端、

「あらやーだ、莉緒《りお》じゃやない！」

すっとんきょうな声が割り込んできた。

優美《ゆみ》だった。

高校時代からの親友で、大学を出てすぐにわたしがデキ婚をしてからは疎遠になっていたが、その数年後には優美も結婚し、しかも新居が近所になったことで、また昔のように仲良くしている。

「聖将くんも！　ちょっと見ないうちに、すっかり男っぽくなったねえ」

なかなかオムツが取れなかったことや、小学低学年でも時々おねしょしていたことまで知られている優美に、聖将ははにかんで軽く頭を下げた。

「羨ましいなあ、母子水入らずでランチ！　うちの敏行なんて、最近一緒にお出かけなんてしてくれないわよ」

空いている椅子に腰をおろし、わたしの皿に盛られたフライドポテトに手を伸ばす。昔から人懐っこく、憎めない。優美の息子は聖将の四つ下で、中学生になったばかりだった。わたしと聖将が会話に乗ってこず、相変わらずうつむいたままなのを見てとると、優美は紙ナプキンで手を拭いて立ち上がった。

「やだ、なんか深刻！　聖将くん、カノジョでも妊娠させちゃったの？」

否定する間もなく、彼女は朗らかな笑い声をあげ、手を振って立ち去っていった。

優美は軽い冗談のつもりだったんだろう。

けれども——わたしは、優美の後ろ姿を見送りながら考えていた——それが本当だったら、どんなにいいか……

もしも現実にそんなことを聖将がしでかしていたら、卒倒してたかもしれない。聖将を責め立て、ひっぱたき、すぐさま先方の両親のもとへ引きずっていき、一緒に土下座しただろう。けれども今のわたしには、不謹慎かもしれないが、そんなことすらも羨ましい事態になっていた。

この先、聖将が女の子に赤ん坊を孕ませることはないのだから——

「あのね、お母さん思うんだけど」

気を取り直して、聖将をまっすぐ見据えた。

「思春期にありがちな、気持ちの揺らぎだと思うの。これから大学に入って、就職もして、素敵な女の子に出会えたらきっと――」

「オカン」

聖将が遮った。

「そう思いたい気持ちはよくわかる。俺だって、一時的なものだったらどんだけいいかって思った。オカンも知ってるだろ、女子と付き合ったことはある。でもダメだった。オカンには申し訳ないと思うけど」

「じゃあ、あんた本当に――」

聖将は心から申し訳なさそうに、けれども力強く頷いた。

「うん。俺、男が好きなんだ」


ファミレスから帰ってくると、わたしはリビングをめちゃくちゃに歩き回った。

何をしていても落ち着かない。料理をしても集中できない。

聖将はあの衝撃の告白の後、約束があるからと、どこかへ行ってしまった。約束？　誰と？　何をしに？　どこへ行くの？　訊きたいことは山ほどあったが、口にできなかった。

どうしようどうしようどうしよう。

実際にはどうすることもできないのに、さっきからそればかり考えている。なんとか治せないのか。治るものじゃないのか。夫にはなんて言おう。いや、言う必要はあるのか？　こんな悩み、自分一人で充分ではないのか――

突然、ＬＵＮＡ ＳＥＡの「ＤＥＳＩＲＥ」が思考に割り込んできた。しばらくそのメロディに反応できず惰性歩行を続けていたが、やっとスマートフォンの着信だと気づいて、慌てて取った。

「ＤＥＳＩＲＥ」は優美からの着信音に設定してあった。わたしたちは、高校生の頃からＬＵＮＡ ＳＥＡの大ファンだった。ボーカルＲＹＵＩＣＨＩの妖しい雰囲気と甘い歌声にイチコロになり、きゃあきゃあ騒ぎながらアルバムや雑誌の切り抜きを集めた。特に優美は「ＤＥＳＩＲＥ」という曲が好きで、わたしのスマホに勝手に自分の着信音として登録したのだ。ちなみに優美はＲＹＵＩＣＨＩでなくＳＵＧＩＺＯ派である。

――莉緒？　わたし。さっき何か思いつめてたみたいだけど、大丈夫かなと思って。

優美の天真爛漫な声に救われたくて、わたしはスマートフォンにしがみついた。

「優美、助けて！」

わたしは、ファミレスでの、聖将からの重大発表を伝えた。舌がもつれて、上手く話せなかったが、優美は忍耐強く聞いてくれた。

――え、なに、それってさあ、聖将くんがゲイってこと？

認めたくなくて、わたしがあえて使わなかった単語を、優美はずばりと口にした。

「……そういうことかもね」

――かもって、そうじゃん。

はらはらと涙が流れてきた。泣くつもりなんかじゃなかったのに。

「どうしよう。バチがあたったんだ」

――バチ？　なんでバチで息子がゲイになんのよ。

「だってうち、ＢＬが好きだったじゃない」

あーあれか、と優美が思い出したように笑った。

優美とわたしは高校時代、ゲイが好きだった。今では「やおい」や「ボーイズラブ」というジャンルで、堂々とコミックや小説、雑誌が発売されているらしいが、当時はこっそりと楽しむものだった。

今ほどゲイが広く認められているわけでもなく、ましてやそれを見て楽しむ女子高生というのは少なかった。なのにどういう訳かわたしも優美も男同士のカップルに惹かれ、美形の高校生や社会人の二人連れを電車で見つけては騒ぎ、「ＪＵＮＥ《ジュネ》」という女性向けの男性同士の恋愛をテーマにした雑誌を、顔を赤らめながら、毎号欠かさず購読していた。

そしてそれだけでは飽き足らず、男同士が愛し合う漫画を自分で描いては、クラスのみんなに読んでもらっていた。手をつなぐ、キスをする、などという甘っちょろいものではなく、露骨な性描写を盛り込みまくった、男性用のポルノ雑誌やＡＶの方がまだソフトに思えるほどの、かなり激しく、エグイ内容――ぶっちゃけ、ハードコアポルノと言ってしまってもいいような代物だ。

当時、わたしは提案した。

「うちらさあ、結婚して男の子生まれたら、ゲイに育てようよ」

優美も乗り気だった。

「いいねいいね。そんで、お互いの息子をカップルにしよう」

そしたら毎日、身近にＪＵＮＥカップルを楽しめるね、と、そんな他愛ない会話をしていたのだ。あの頃に戻って自分の横面をひっぱたきたい。

「ああ、どうしよう。本当に息子がゲイになっちちったよ」

漫画家になりたいとかタレントになりたいとか、そんな夢はひとつも叶わなかったくせに、どうしてこの夢だけ叶っちゃったんだろう。

――ちょっと落ち着きなよ。からかわれてんじゃないの？

「なわけないじゃん。エイプリルフールですら、何もしてないのに」

――一過性のものかもしんないし。

「あの聖将の真剣な表情を見てたら、とうていそう思えない」

――なんで突然カミングアウトしてきたわけ？

「それが……彼氏ができたんだって」

――ありゃま。

「ちゃんと堂々と付き合いたいからって。こそこそしたくもないし、うちにもボーイフレンドとして連れてきたいって。ねえどうしよう」

――へえー。その子って美形かなあ。

「そんな悠長なこと言ってないで」

――聖将くんってイケメンだから、うまくいけば極上のカップルになるんじゃないの？

「怒るわよ」

そうたしなめても、優美の頭上からはホワンホワンと白い雲が出て、聖将と美形ボーイフレンドがいちゃついている様子が映し出されているに違いない。わたしたちは、美形の男子二人組を街や電車で見かけるたび、そんな風にして妄想を膨らましては、キュン死してきたのだ。

「他人事だからそんなことが言えるのよ」

ときつく言ってみたが、わたしだって逆に優美の息子がゲイだと聞けば、勝手な想像で楽しんでいたに違いない。優美の息子も、けっこう可愛い顔をしているのだ。

「病院連れて行こうかな」

――病気じゃないんだし、聖将くん傷つくでしょ。一体どうしたのよ。そういうこと、あんたが一番わかってたはずじゃない。

そうだ。

親に同性愛者だとばれて精神科病院に閉じ込められた話や、周囲からいやがらせを受け、差別され、あげくに命を絶った話を見聞きしては涙し、「ゲイの人権を守れ」と激怒していた。けれども、それがいざ現実に自分の身内に起こってみると、このていたらくである。

同性愛は病気ではないし、他人に迷惑をかけるわけでもない。たまたま、性的指向が同性に向いてしまっただけなのだ。

そんなこと、わかってる。

頭では充分、わかってるんだ。

――もうエッチしたのかなあ。

優美が言う。

「やめてよ！」

――あれ、でも聖将くんって、彼女いなかったっけ。

「いたわよ。ルネちゃんっていう可愛い子で、うちにも連れて来てたけど……。でもやっぱり、ダメだったんだって」

――ダメって何が？

「知らないわよ、そんなこと」

――ああ、勃《た》たなかったってことかあ。

「優美！」

怒ってはみるが、こんな話、優美以外にできやしない。

夫にはとてもじゃないけど、話すわけにはいかない。実家の母にも相談できるはずもない。昔からのわたしを知っていて、かつざっくばらんに意見を述べてくれる優美しか、理解してくれる人物はいないのだ。わたしは急に心細く、世界でひとりぼっちになった気分になる。

――会わせてもらえば？　そのボーイフレンドとやらに。

「やめてよ、何言ってんのよ」

――だって気になるんでしょ？

「でも……どんな顔して会えばいいか、わからない。それに、自分が何しでかすか想像できない」

――普通に接すればいいのよ。きっと向こうもそれを望んでる。

「そんなこと言われても……」

――どんな相手かを知っておくのは大切だと思うよ。

「いや、だからって」

――もう明日から試験休みでしょ？　旦那のいない平日にでも、ランチに招待すれば。莉緒は料理上手なんだし、喜ぶわよ。

「でも……」

とても息子のボーイフレンドを歓迎することなんてできない。それに招待なんてしたら、二人の関係を認めたも同然になってしまうじゃないか。

「無理！　やっぱわたしには無理！」

わたしは叫んだ後、スマートフォンをブチッと切った。

聖将がゲイだなんて、絶対に認めない。そんなこと、許さない。高校時代に、ノーテンキに「ゲイって萌える！」なんてほざいていたから、こんなことになっちまったんだ。

神さま、許してください。反省しますから、どうか息子をノーマルに戻してくださいッ！

わたしは、どこにいるかわからない神さまに向かって、心の中でひれ伏した。

息子は、男らしいほうだと思う。

机にかじりつくのは苦手だが、体を動かすのは大好きで、小学生の頃から手当たり次第スポーツをしていた。野球にサッカー、水泳など試したあげく、空手に落ち着いた。武道は精神鍛錬にもいいから、と熱心にすすめた夫の影響もあると思う。全国大会に出場した実績もあるし、初段の黒帯だ。高校に入学してから道場に通う頻度は下がったが、気が向けば稽古に励んでいる。

なのに、どこでどう間違ったのだろう。世の中には途方もない女好きも存在するのに、どうしてその欠片も息子にはないのだろう。

わたしは今、聖将の部屋の前につっ立っている。

息子の部屋に足を踏み入れる機会は、ここ数年なくなっていた。

聖将が中学にあがったばかりのある日、「ババア、入ってくんじゃねえ!」と、すっかり声変わりした声ですごまれて以来、入るのを控えていたのだ。

あの日、息子が自分の手を本格的に離れてしまったのを悟った。小さな頃はママ、ママと後ろをついてまわっていたのが、小学校に入った途端、誰に教わったわけでもないのに

「お母さん」と呼ぶようになり、高学年になると授業参観へ来られるのをいやがり、中学生になったら目も合わさず、口もろくにきかなくなった。

けれどもわたしはそれを認めたくなくて、食事中に絶えず話しかけたり、週末は家族で映画に行こうと誘い続けていた。それがある日、いつもの調子で、掃除機をかけようとノックをせずに聖将の部屋のドアを開けたとたん、怒鳴りつけられたわけである。久しぶりに口を開いたと思ったら、しかもババアだなんて！

鋼鉄製のハリセンで百回くらいぶたれるくらいの衝撃だったが、気を取り直して、「じゃあこれからは自分で責任持って掃除しな」とベッドに掃除機を投げつけて部屋を出た。

涙が出てきたのは、なんとその二日後だった。あまりにも衝撃が大きくて、脳が出している「泣いていいですよ」という信号を体が受け取るのに時間がかかったようだ。年を取ると運動してすぐではなく、数日後に筋肉痛が来るような感じか。夜シャワーを使おうと脱衣場を開けると、洗濯機に聖将の脱ぎっぱなしのTシャツやトランクスが丸めてあり、それがまた男臭くて、これまでしっかり抱きしめていたと思っていた息子が急に遠くへ行ってしまったような気がして、わんわん泣いたのである。

それからというもの、息子の部屋は、持ち主の心と同じく固く閉ざされ、わたしにとっては未知の領域となった。

けれども今、わたしはその部屋のドアを開けようとしている。

「シーツ、そうシーツ替えなくちゃ」

わたしは自分に言い聞かせた。

でもそんなこたあ、言い訳だってわかっている。シーツだって、聖将はマメに自分で取り替えているのだから。

息子のことを、探りたくて仕方がない。親として間違っているのは、じゅうじゅう承知だっつーの。でもここまで来たら、我が子のプライバシーなんてクソ食らえだ！むきむき裸体満載のエロ本や、ゲイのポルノＤＶＤがどっさり出てきても焦るまい、と気丈に誓い、えいや！とドアを開けた。

久しぶりに入る息子の部屋は、意外に片付いていた。ベッドに本棚、ゲーム機、そして学習机を卒業して数年前に買い換えたコンピューター対応のデスク。聖将自慢のＭａｃが、ピカピカに磨かれて鎮座ましましている。

大学卒業後すぐに聖将を身ごもり、就職経験を持たないまま十七年間過ごしてきたわたしは、スマホで事足りることもあってパソコンに興味を覚えたことがなかった。だが、今それが猛烈に悔やまれている。使い方を知っていたら、メールも盗み読めたかもしれないのに。

「さて、掃除掃除」

天の誰かに言い訳するように、声を張りあげた。

床に散らばった漫画を本棚にしまいつつ、それっぽい本が隠されていないかチェックする。が、なかった。掃除機をかけながら、ベッドの下を覗く。何もない。脱ぎ捨ててあるパーカーをハンガーにかけ、クロゼットにしまう。服や鞄、空手の道着があるだけで、特に不自然なものはないようだ。

わたし、何やってんだろ。

急に自分のしていることがバカバカしくなって、ため息をついた。

ベッドの上でくちゃくちゃに丸まっているタオルケットを畳む。シーツをマットレスから外しかけると、ふっと聖将の匂いがした。

――あの子、わたしがいない間に、誰か連れてきたことあるのかしら。

思わずシーツを外す手が止まる。

――もしかして、このベッドで……

したくもないのに、妄想の雲が頭上にひろがっていく。

「きゃー！　やめてやめて！」

わたしは両手を振り回して、雲を搔き散らす。それなのに頭は勝手に、

――どういう風に始まるんだろ。

――聖将は攻め？　受け？

――声は出すの？

などと、次々に妄想を繰り広げていく。かつてのＪＵＮＥ読者には、男同士のコトの成り行きが、事細かに思い描けてしまうのだ。

ああ、息子のベッドの中の嗜好なんて知りたくないのに！

両手でピシピシと顔面を叩くと、急いでシーツをひっぺがし、むんむんするベッドルームから転がり出た。


「最近へんやね。なんかあった？」

夕飯の時、夫の稲男《いねお》が言った。茶碗と箸を持ったまま考え込んでいたわたしは、ハッと我に返る。カミングアウトから五日がたっていた。

「え、なんで？」

「めっちゃぼんやりしとぉ」

親の都合で日本各地いろいろな地方に住んだ経験のある夫は、メインの関西弁以外に色んな方言の交ざった独特の喋り方をする。

「そんなことないわよ」

「でも最近、食も細いやん」

あの日から聖将は夜遅く、隠れるように帰宅するようになった。連日徹夜で試験勉強を頑張ったのだからと、我が家の試験休み中の門限は緩く、叱りはしない。なのに顔を合わせるのが決まり悪いのか、わたしが寝る頃合いを見計らうように、そっと帰ってくる。

わたしの方もどう振舞えばよいかわからず、夜は早々と床につき、聖将が起きだしてくる昼近くにはスーパーや図書館へ出かけ、ムダに時間を潰している。だいたい三時ごろに帰ると、聖将は出かけた後だ。ここ数日はそうやって、わざとすれ違っている。

気にしない、気にしても仕方がないと思いつつ、無意識にため息をついているし、食欲も落ちてしまった。

「本当に……なにもないわよ」

「そう？　ならいいけど」

夫はのんきに冷奴に箸を伸ばす。この人はまさか自分の息子がゲイだなんて夢にも思わないんだろうな、と夫の顔を見つめる。

「なんなん、じろじろ見て」

夫にも自分にも変わったところはない。なのにどうして息子はゲイになったんだろう。育て方？　環境？　それとも生まれつき？　わからない。夫が知ったらどう思うんだろう。心臓麻痺をおこすかもしれない。聖将は、いつの日か夫にも打ち明けるつもりなんだろうか。

「ねえ」

「ん？」

「あなた、孫欲しい？」

「はあ？」

冷奴のネギを歯にくっつけたまま、夫がきょとんとする。

「なんで突然」

「いいから」

「僕、先月四十五歳になったばっかりやん。まだまだ孫なんてかんべんしてや」

ビールを片手に大笑いする。

そう。そうなんだよね。

わたしだって、これまで、なにがなんでも孫を抱きたいと思っていたわけではなかった。どっちかっていうと、二十三歳で出産して、ここまで育てただけでもイッパイイッパイで、「あともう一人くらい産んでおけばよかった！」と後悔したこともない。

なのに聖将の人生から一切、そういう可能性がこっぱみじんに消えさった途端、なんだか無性に孫が欲しくなってしまったのだ。

夫も、もしも聖将の秘密を知ったら、同じ反応をするんじゃないだろうか。人間は、手に入らないものを切に求める生物だもん。今思えば、ゲイに憧れていたのだって、手が届かないと思っていたからなんだ。

ああ、あなたとわたしの息子、聖将に子供は望めません。杉山家はここで途絶えます。


やはりその夜も、聖将は十時過ぎに足音を忍ばせて帰ってきた。

「おかえり」

パジャマ姿のわたしが迎えると、うわっと聖将は声をあげた。

「なんだよ、起きてたの？」

「眠れなかったのよ」

ちょっぴりイヤミったらしく言ってみると、聖将は申し訳なさそうに肩をすぼめた。

「オヤジは？」

寝ているのか、と訊いているようにも、オヤジにも例の件を話したのか、と訊いているようにも取れるニュアンスだ。

「あいかわらずよ」

わたしも、どちらにも取れる答えで返す。

それから少しの間、向かい合ったままうつむいていた。何をどう話せばいいのか思いつかない。

本当は、わたしは聖将と対決しようと思って待ち構えていたのだった。やっぱり聖将が男を好きだなんてあり得ない、一時的な思い込みに決まってるから、とりあえず気楽な気持ちでカウンセリングへ一緒に行ってみよう——そう諭すつもりだった。

「あ、そうだ」

聖将が思いついたように声を出す。

「ファミレス行こっか」

「え」

「行こうよ。どうせオカンも眠れないんでしょ。お茶しに行こ。着替えてきなよ」

こんな夜中にファミレスなんて、と言おうとしたのに、体は勝手に二階の寝室に行き、Tシャツとジーンズを手に取っていた。「お茶しに行こ」だなんて、なんだかデートに誘われたみたいで、ちょっぴり浮かれてしまう。

夫を起こさないように静かに着替えて下に降りると、聖将は外に出て待っていた。歩き出すと、ちゃんと聖将は車道側を歩いてくれた。背はとっくに夫よりも高く、肩幅も胸板も厚い。

――勝手に、一人で大きくなっちゃってさ。

わたしはすねたような気持ちになる。

ファミレスは混雑していた。二十分ほど待ってやっと席に着くと、聖将がメニューを広げてわたしの目の前に置いてくれる。

「好きなもの頼んでいいよ。俺のおごり」

「聖将の?」

「うん。バイト始めたもん」

「うそ。わたし聞いてないわよ」

「あー、オヤジから保護者同意書のハンコもらったから。オカンから、もらいにくくて」

夫は当然わたしも知っていると思っていたのだろう。だけど、一人だけ除け者にされたような気がして、腹が立つ。

「どこで働いてんの」

「ラーメン屋」

「お小遣いじゃ足りないわけ?」

「ゲームとか服とか色々買いたいじゃん。新しいスマホも欲しいし」

どんどん距離が遠のいていくような気がする。

「わたし、プリンアラモード」

デザートメニューの中で、一番高いのを選んでやった。

「マジで？　こんな時間に？」

「いいでしょ別に。好きなんだから」

「プリンアラモードねえ。ガキみてえ」

ふん。十七歳の息子にガキ扱いされてりゃ世話ねえよ。ウェイトレスにオーダーする息子にむかって、わたしは心の中で毒づいている。

ファミレスには、いろんな人がいる。サラリーマン風の男性組、ＯＬ、カップル……と、なんと隣のテーブルで、ボーイズラブ系の雑誌を読んでわいわい騒いでいる女子グループがいるではないか。

まるで過去の自分と優美を見ているようで、めまいがした。あんたたちね、今そうやってキャッキャ喜んでるけど、将来自分の息子がそっちの世界に走ってしまったらどうする？　同じようにはしゃいでられる？　現実に起こってしまったら、ましてやそれが息子だったら——そんな風にしてられないんだよ。

「やっぱさ、ショックだった？」

コーヒーとプリンアラモードを運んできたウェイトレスが立ち去るのを確認してから、聖将が口を開いた。

「なにが」

「とぼけないでよ。俺が、その、オトコしか好きになれないって」

また耳元でぐわーん、と銅鑼《ドラ》が鳴る。やっぱり何度聞いても、百メガショックだ。

「べ、別に」

「取り繕わなくていいよ。俺も、突然あんなこと言って悪かったって思ってるし」

ナーバスになっているのか、聖将はコーヒーカップを両手でいじくり回している。

「あのさオカン、覚えてる？　俺が反抗期に入って、オカンと口きかなくなった時、こう言ってくれたじゃん。『あんたがずっと黙っていたいんならそれでもいい。でも、一人で抱えきれないことがでてきたら、いつでも打ち明けて。わたしの心はずっとスタンバイしてるから』って」

そういえば言った気がするが、はっきり覚えていない。きっとたまたま読んだ教育雑誌かテレビドラマの影響だと思う。

「うん。でもあんた、シカトしてたじゃん」

確か聖将は答えもせず、そのまま部屋へ入っていったのだ。

「でもホントはさ、めちゃめちゃ嬉しかったんだぜ。あの時ね、自分の興味がオトコばっかりにいくって自覚し始めた頃だったんだ。どうしていいかわかんなくて、で、オカンにも反発してた。でもオカンがああ言ってくれたおかげで、俺にもちゃんと味方がいるじゃんって――実はあの後、部屋に戻って、泣いた」

「やだホント?」

「うん、ここに刺さった」

聖将は胸の辺りを指差した。

「そうだったんだ……」

「だからさ、今回、オカンだったらわかってくれるんじゃないかなって勇気を出した。でも苦しめただけだったかな」

ごめんな、と小さな声で言い、目を伏せた。

なんにも変わっちゃいない。

男しか好きになれなくたって、この子自身は、なんにも変わっちゃいないんだ。

ごく普通の高校生。ちゃんと真面目に学校へ行って、友達と遊んで、バイトして、恋をして――たまたま、その相手が同性っていうだけで、聖将は聖将。

肩をすぼめて、わたしからの優しい言葉だけが救済であるかのように待っている聖将は、まだまだ頼りない子供だ。愛しい息子だ。

謝る必要なんて、ない。

何ひとつ、息子は間違ったことなんてしていないんだから。

「明日……は急か。あさってって、まだ試験休みだっけ」

「へ？　うん、俺は補講もないから」

「バイトは？」

「あさっては休み」

「ふーん……じゃあ暇？」

「まあ、暇っちゃ暇だけど」

「あんたの、その……彼氏は？」

「え？」

聖将が目を見開く。

「だから彼氏は暇かって訊いてんのよ」

「ああ、うん大学も夏休みだから」

「そう。じゃあうちでランチでもどう？」

聖将の顔から戸惑いが消えて、じわじわと喜びの表情に変わる。

「マジで？　いいの？」

「いいわよ」

「オカン、ありがと。めちゃくちゃ嬉しい」

いかにわたしの息子でいられてラッキーかを延々と語ると、聖将は弾むような手つきで彼にお誘いのLINEを打ち始めた。

さあ、どうするわたし。

調子に乗って、うっかりものわかりのいい親を演じてしまったぞ。

夜の窓ガラスに映った自分の顔を、いましめるように睨《にら》みつけた。


「やっほー、キャビアなんて買ってきちゃったあ」

その日、優美は張り切って朝の十時にやってきた。

昨日の夕方から買出しに行ったというだけあって、DEAN&DELUCAのオリーブオイルやイナウディのアンチョビ、二十五年もののバルサミコ酢など、その辺のイタリアンレストラン顔負けの食材を両手一杯持ってきた。

聖将の彼氏を招待してしまった、と電話したわたしを、優美は祝福した。

——あんだけドン引きしてたくせに、やるじゃないの。

「でも、良かったんだか悪かったんだか……」

――聖将くん、喜んでたんでしょ。

「そりゃあもう」

――じゃあ良かったんだよ。

「そうかなあ。……ねえ、優美」

――なあに？

「明日、うちに来てくれない？」

――あらあ、最初からそのつもりだったわよぉ。

こんなオイシイ話、見逃すもんですかと、優美はからからと笑っていた。


「ねえ、ティラミス作るでしょ？　マスカルポーネチーズも買ってきたよ。莉緒のお手製は絶品だもんなあ。わたし切るの専門ね。あ、カルパッチョなら作れるよ」

食材を買い漁るのは大好きだが加工するのが苦手な優美は、紀ノ国屋などで珍しい素材を「見た目買い」しては、しょっちゅうわたしの家へ持ち込んでくるのだ。

起きてきた聖将が、台所に立つ優美を見て驚いている。

「あら、聖将くんおはようー」

「おはよう、ございい、ます……」

「あ、あのね、お母さん一人じゃお料理大変だから、優美にも来てもらったの。一緒にお昼もいてもらうけど、いいでしょ？」

まさか優美が興味津々だなんて言えない。けれども聖将は、

「もちろん喜んで。お世話になります」

と笑顔で好青年の応対をした。

魚を蒸したり牛肉を煮込んだりしているうちに、あっという間に時間は過ぎた。ボーイフレンドが来るのは十二時半だ。あと三十分しかない。胸の鼓動が、急に速くなる。

「駅に着いたって。迎えに行ってくる」

いつになく黒のモード系でキメた聖将が、玄関から出て行く。珍しく鼻歌なんか歌っていた。そのうきうきした様子が、わたしの神経をヒリつかせる。

聖将がおしゃれをするのは、男性のためなんだ……。

結局、まだ聖将が女性に興味がないという現実を消化しきれないでいる。できれば、やっぱりノーマルな人生を歩んで欲しい。聖将の体に男が触れるのかと思うと、胸がざわつく。こんな調子で、ボーイフレンドなんかと会っても大丈夫なんだろうか。取り乱すんじゃないだろうか。

急に、地面が揺らぐような不安に襲われた。

「ねえ」

たまねぎを切っている優美の腕を摑む。

「やっぱり……やめようかな」

「やめるって何を？」

「会うの」

「はあ？　何言ってんの、今さら」

「具合が悪くなったことにする」

「ばかじゃないの。もう聖将くん迎えに行ってるじゃない」

「スマホに電話する」

「今さらドタキャン？」

「だって怖いんだもん」

「バカ！」

平手が飛んできた。

一瞬のできごとだった。

「聖将くんはね、もっと怖かったんだよ。あんたに告白する時、決死の覚悟だったと思う。

軽蔑されるかもしれない、ののしられるかもしれない、親子の縁を切られるかもしれない……何年も何年も、ずっと怯えて暮らしてきたの。苦しんでんのは、あんたじゃない。聖将くんでしょ。いいじゃんか、一回会うくらい。これくらい受け止められないで、親なんかやってんな、バーカ」

優美は一気にまくしたてると、またケロッとたまねぎを切り始めた。頬の痛みを感じる間もなかった。

玄関のドアが開いた。ただいま、という弾んだ聖将の声に続いて、お邪魔します、と物静かな、けれども明らかに男性だとわかる声が聞こえてくる。バタバタと足音がリビングダイニングに近づいてきた。優美にはたかれた頬が、今頃じんじんし始める。

「オカン！　連れてきた！」

リビングのドアをびんたするように、すごい勢いで聖将が飛び込んできた。その表情は、ママ、ママとくっついて離れなかった頃と変わっていない。わたしは勇気を持って、息子の背後に視線を移した。

控えめだが、爽やかな笑みを浮かべた青年が佇んでいた。身長は百八十センチの聖将より少し高い。水色のポロシャツにジーンズ。流す程度に長めだけど清潔感のある髪。ピアスや指輪やネックレスなどのアクセサリー類もなく、チャラチャラしない落ち着いた雰囲気。「こんな子がうちの息子だったらねえ」と近所のオバサンたちが噂しそうな、そんな青年だ。

「これうちのオカン。そんで近所の優美おばさん。こいつが雄哉《ゆうや》」

「藤本雄哉です。はじめまして」

相手につられて、わたしもぎこちなく頭を下げた。

「いらっしゃあい！　もう少しでお料理できるから待ってて。今お茶淹れるわあ」

まるで家の主《あるじ》のように優美が言い、ただ突っ立っているだけのわたしに代わって聖将と雄哉をテーブルにつかせ、てきぱきと紅茶を淹れた。優美に小突かれて、慌ててパスタを茹で、お手製のバジルとオリーブオイルのソースにからませる。

「あの、これ」

食卓に全ての料理が並ぶと、雄哉がおずおずとオーガンジーの布に包まれたボトルを差し出してきた。

「赤ワインです。食事に合うと思って」

「手土産なんていらねえって言ったんだけどさ、どうしてもって」

聖将はちょっと誇らしげだ。

「あらまあ、コッポラのじゃないの。莉緒、このワイン好きよねえ。どうもありがとう」

また優美に突っつかれ、わたしももごもごと「どうも」と礼を言った。

食事を始めたものの、妙にぎくしゃくしてしまう。まともに雄哉の顔を見ることができない。雄哉にもわたしの戸惑いがストレートに伝わるのだろう、目を伏せて黙々とフォークを動かしている。

「二人はさあ、どうやって知り合ったわけ?」

優美の大胆な質問に、わたしはギョッとする。

「あ、最初はネットで」

「ネット?」

「音楽のSNSがあって、そこでやりとりするうちに親しくなって。そのうちに雄哉のバンドのライブに誘ってもらった。な?」

「バンドのライブっていっても大学のサークルで、お遊びなんですけど」

「ふうーん。雄哉くんて、いくつなの」

「二十歳です」

「聖将くんの三コ上かあ。大学生? どこ?」

「S大です」

「うわあ、賢いんだねえ」

「いや、でも一浪してるんで」

優美はちらりとわたしを見た。雄哉の持ってきたワインなんて意地でも飲むもんかと我慢していたが、しらふで食事会を乗り切るのは無理だと諦め、今では二杯目に突入していた。

ふん。賢くたってなんになるんだ。相手は男だよ、オトコ。そんでもってうちの子もオトコ。男同士のカップル。なんでなわけ？

「学部はなに？」

「政治経済です」

「優秀だねえ」

だからそれがなんだっつーの。わたしはぐいぐいワインをあけていく。

「ねえねえ、雄哉くんは、聖将くんのどういうところが好きなの？」

なんてことを訊くんだお前は！とわたしは優美を睨みつけた。優美はしれっとしている。

「やだなあ、ひょっとして優美おばさん、知ってんの？」

聖将は頭を掻く。

「知ってるわよ。莉緒とわたしは親友だもん。それにわたしは、あんたたちの味方よ」

「本当に？　いきなり理解者が増えたな。すげー嬉しい」

けっ、別にわたしは理解なんかしてないけど？

「で？　どういうところを好きになったわけ」

「えー、本当に答えるんですか」

雄哉は顔を赤らめる。

「うーん……明るくて、素直なところかな。あと、とても家族を大事にしてるのがいいですね」

家族、という言葉に、酔いの回ったわたしも反応した。

「でも、この子、家で全然口きかなかったんだけど」

「男って家ではそうかもしれないけど、でもコイツ……あ、聖将くんの言葉の端々から、すごくいい家庭で育ったんだなってわかるんです。特に良い意味でマザコンっていうか、どこで食事してても、これならオカンのメシの方がうまいって言ってます。うちのオカンは九〇年代のビジュアル系バンド全盛期の生き証人で、当時のバンドにめちゃくちゃ詳しいとか、ＬＵＮＡ　ＳＥＡをカラオケで歌わせたら世界一だとか。ああ、お母さんのこと、大好きなんだなって」

「……それ、ほんと？」

わたしはとろんとした目で雄哉を見る。初めて、まともに視線が合った。雄哉が微笑み返してくる。

「はい！　ほんとです」

とても優しい、澄んだ目をしている。

そうなんだ。

この子だって、普通に素敵な男の子なんだ。たまたま、好きになったのがうちの息子ってだけで。

ノーマルでいることが幸せとは限らない。男と女でも、何十億という人口の中からお互いを見つけ合って惹かれ合って、一緒になるのは奇跡に近いのに、さまざまな偏見や障害があるにもかかわらず、この二人が付き合う決心をしたっていうのは、ものすごく純粋で無垢で、尊いことなんじゃなかろうか。

なにより、聖将がこんな表情を見せたのは初めてだ。

空手の試合で勝った時よりも、志望の高校に合格した時よりも、ずっとずっと幸せそうな顔をしている。

だけど――心の底では、やっぱり聖将に女性と恋愛をして結婚して欲しいと願ってしまう。理性は一生懸命、聖将のことを理解して肯定しようとしているけど、感情はちっともついてきやしない。

あーもう、どうしたらいいんだ！　頭がぐっちゃぐちゃだ。でも親として正しい姿はなにかっていうと……きっとそれは、認めてあげることなんだろうな。

だってもう既にゲイなんだもん。ゲイになっちゃってんだもん。誰にもどうしようもないんだもん。きっとわたしに認めてもらえないことが、聖将にとっては一番辛いに違いない。

もうヤケだ。

認めてあげよう。

受け入れてあげよう。

ありのままを。

でも、でも、でもでもでもでも――

「セックスはダメです！」

突然、テーブルに手をついて立ち上がったわたしを、みんなはポカンと見上げた。

「セックスはダメなの。それだけは許しません」

すわった目をして、ぶつぶつ念仏のように繰り返すわたしを、優美は慌てて座らせようとする。けれどもわたしはその手を払いのけた。

「なにも、あんたたちが男同士だから言ってるんじゃないの。この年頃の男女のカップルにしても、親御さんはそう思うでしょ？　清い関係であってくれ、真の運命の相手に出会うまでは体を許すなって。それと同じ。あんたたちは、まだ子供なの。ちゃんと相手に対して責任を取れるようになるまで、そーゆーことはしちゃいけないの。するべきじゃないの！　相手の人生をちゃんと受け入れられるようになって、それからの話なのよ。

男同士だったら子供ができないからいい、ってもんじゃない。体の関係より、先に心のつながり！　この人と一生添い遂げるんだって決意してからじゃないと、セックスしちゃいけません！　No sex before marriage!!」

語っているうちにどんどん感極まり、最後はＲＹＵＩＣＨＩのようなシャウトで締めくくると、力尽きてストンと椅子に腰をおろした。三人は呆然としていたが、しばらくすると雄哉が吹き出した。

「お前のオカン、マジでサイコー」

それにつられて、聖将、優美も笑い出す。わたしだけが、どうして笑われているのかわからないまま、ぽかんとワインで上気した頬をほてらせていた。

そこからのわたしの記憶は途切れている。

結局ワインを一本まるまる一人で空け、ダイニングと一続きのリビングのソファへよろよろと辿りついたところまではなんとなく思い出せる。だけどそれから一切覚えていない。

覚えているのは、三人の笑い声と、「聖将くんと雄哉くんの、いつかセックスできる日にかんぱーい!」という、優美の高らかな音頭だけだった。

目が覚めた。

ちゃんとパジャマを着ている。時計を見ると朝の八時だ。隣のベッドに、すでに夫はいない。

昨日の昼食から、こんこんと眠っていたんだろうか? そんなはずはない。

「もしかして……全部夢だったの?」

聖将がオトコしか愛せないっていうことも、恋人を連れてきたことも。だって昨日、ワンピで若作りして、ぐでんぐでんに酔っ払っていたはずの自分が、こうしてパジャマを着てきちんとベッドに横たわっているではないか。

「なあーんだ、よかった……」

安堵のため息をつき、起きあがろうと体を動かした途端、頭が割れるように痛んだ。おまけに吐き気もする。聖将を身ごもっていた時を思い出しながら、トイレに駆け込んだ。

——やっぱね。夢のわけないか。

便器を抱きかかえて胃液を吐き出しながら、年甲斐も無い二日酔いを情けなく思う。収まらない胸焼けを抱えたまま便器を洗浄し、洗面所へ向かった。苦味と酸味の残る口を何度もゆすいで、歯磨き粉を多めにつけて歯を磨く。

「あれ、オカン」

トイレに起きてきた聖将が、わたしを見て驚いたような顔をする。

「大丈夫かよ？　年を考えないで、あんなに飲むから」

「大きい声ださないで。頭がガンガンする」

「ほんと、ばかだなあ」

「でもいくら飲んでも、そこは大人だからね。ちゃんと着替えてベッドで寝てたわよ」

「え？」

聖将は目を丸くした。

「じゃあ覚えてないの？」

「なにを？」

「オカン、寝ゲロしたんだぜ」

「うそ！」

「マジだよ。ソファに横になったと思ったら、げぼーって。大変だったんだから」

「まさか……」

「ほんとだって。雄哉がオカンを着替えさせて、ゲロを全部始末してくれたんだぜ。あいつんち、寝たきりのおばあちゃんがいるんだ。下の世話とか着替えとか慣れてるからって、全部一人でやってくれた」

「そんな」

撃沈。

初対面でやらかしてしまった。

自分でも見たくない胃のなかの消化未遂の汚物をぶちまけ、しかも裸までさらしたなんて。幸か不幸か、彼は女体、しかも中年の、には興味ないんだろうけど。

「ソファもカーペットもきれいにしてくれたよ。それからお姫様抱っこで、二階まで運んで寝かせてくれたんだ。優美おばさん、すげー感心してた。今時の若い子なのにって」

確かにそうだ。感謝すべきかもしれない。

でも最低すぎる。記憶から一切を消し去ってもらいたい。

「迷惑かけちゃったわね」

「でもアイツ、全然気にしてなかったよ。むしろウケてた。雄哉のお母さん、もう亡くなってるんだ。だからいいなあって羨ましがってたよ。それに、もしも生きていたとしてもカミングアウトできるくらい信頼関係があったかもわからないし、こんなに楽しく一緒に飲めないかもって。いいおふくろさんだよなあって、何回も言ってた。俺もそう思う。マジでありがと」

寝ゲロするような母親を、そこまでフォローしてくれるなんて。雄哉はとても心優しい子に違いない。まして自分から進んで介抱し、掃除までしてくれた。このご時世、そんな若者は珍しいいんじゃないだろうか。素直に、雄哉のような子に出会えたことを喜ばしく思う。

「……あんた結構、見る目あんのね」

「え、何?」

「なんでもない。また連れていらっしゃいって言ったのよ」

「マジ？　いいの?」

聖将の顔が輝く。

正直、まだ混乱している。完全に受け入れられるかどうかはわからない。だけど聖将のために、努力はしようと決めた。

わたしは笑顔を返すと、またふらふらと階段を昇り始める。キャベジンでも飲んで、もう一眠りしよう。

「あ、そうだ、オカン」

階段の途中で、聖将が呼び止める。

「あのスピーチ、最高だったよ！」

「あれは忘れて！」

わたしは力を振り絞って、慌てて二階への階段を駆け上がった。早く聖将の目の前から消えたかった。

「あ、あと部屋の掃除、サンキューな」

寝室のドアを閉める寸前に、屈託のない、聖将の言葉が飛び込んできた。

結局、わたしのスピーチが二人の心に届いたのかはわからない。

訊くわけにもいかないし、知りたくもない。

雄哉が我が家を訪れてからそろそろ二週間。そんなすぐに急展開してはいないと思うけど。

あれ以来、聖将の部屋の掃除はわたしがするようになった。ノックをせずにドアを開けても、聖将がいない時に勝手に部屋に入っても、聖将は全く気にしない。それは心を開放してくれている証拠に思えた。もうわたしには隠し事をしなくていいと安心しきっているのだろう。カミングアウトを境に、息子との距離は急激に縮まっている。

けれども、聖将には知る由もない。

シーツにちょっとシミがついていたり、不自然な皺がよっていたりすると、たちまちわたしの頭上には、妄想の雲がたちこめてしまうのを。

——もうキスくらいはしてるよね、さすがに。

——攻めるのは、やっぱり雄哉くんから？

——ううん、攻めと見せかけて受け、とか。その方が萌えるし。

——いやいや、攻めと受けのリバーシブルもありじゃない？

シーツを銀幕に、どこまでも展開する二人が主役のボーイズラブ・ムービー。

「ストップ、ストップ、スト————ップ！」

大声で自分を戒めて、今日もわたしは洗いたてのシーツを広げる。

ただただこの上で、息子が幸せに眠れますようにと願いながら。

第2章　聖将

終業式が終わって校舎を出ると、辺り一面が露出オーバーの写真みたいに真っ白に見えて、俺は思わず目を細めた。

ダッシュで校門を駆け抜ける。いつもの通学路、なかなか変わらない信号、小学校の校庭なんかを通り過ぎて駅へと向かう。見慣れた街並のはずなのに、なんだか前よりもきらきらして明るく、輝いて見える。いつも吠えてくるブサイクな犬にでさえ、駆け寄ってよしよしと撫でてやりたいくらいだった。

なんでだろう?と考えかけて、すぐに思いつく。

オカンが、雄哉を認めてくれたからだ。

あれから世界が一変したんだ。

カミングアウトをするには、ものすごく勇気が必要だった。学校の友達なら何年かしたら会わなくなるかもしれないけど、家族とはこの先何十年も一緒にいる。一生隠し続けるのはイヤだし、苦しい。いつか言わなくちゃいけないなら、生まれて初めて恋人ができた今にしようと決めた。

頭が爆発するんじゃないかと思うくらい緊張したし、オカンもパニクッてるのがびしびし伝わってきた。だから雄哉を家に招待すると言ってくれた時は信じられなかった。

雄哉。

自慢の恋人。

オカンと、優美おばさんにまで堂々と紹介できる日が来るなんて。

もちろん、いつかは会ってもらうつもりだった。でもそれは、何年も先のこと。認めてもらうには長い時間が必要だと思ったから。なのにカミングアウトから一週間後に叶えることができたのだ。そりゃ世界も輝くってもんだ。

「聖将ー！」

大声が追いかけてくる。足を止めて振り向くと、幼稚園時代からの腐れ縁、テツが走ってきた。

「おめー、はえーよ」

ぜえぜえしながら俺の肩をこづく。

「そっこーで帰んなよな。愛想ねーじゃん」

「悪い」

「今日もあっちーよなあ。……あれ?」

テツは手の甲で汗をぬぐいながら、俺の顔を覗き込む。

「なんかいいことあった?」

「え、なんで?」

「なんかにやけてる」

付き合いが長いからか、テツはすぐに俺の変化に気づく。

「にやけてねーし」

「あー、お前さては新しいカノジョができたんじゃねーだろうな」

テツの鋭さに舌を巻いた。

「できてねーよ」

嘘ではない。カノジョはできてない。

「あやしーなあ。まあ、できてたら安心だけど。ルネに振られてから、お前元気なかったし」

ルネは隣のクラスの子で、可愛くて成績もよい優等生。俺の初めての彼女で、そしてきっと、最後の彼女だ。

小学校の頃からいつも惹かれるのは男子ばかりで、みんなそうなのだと思いこんでいた。成長するにつれ、どうやら女子は男子を、男子は女子を好きになるのが自然らしいと知ったものの、悩むにはまだまだ子供で、どうして自分は女子を好きになれないのか単純に不思議だった。もっと大きくなったら好きになれるのかなあとぼんやりと思っていた。

四年生の時に、クラスの奴がホモという言葉を「男を好きな変態男」という説明と共に教えてくれた。クラスのみんなは、「きもー」と手を叩きながら、ゲラゲラ笑っていた。あれ、これ、俺のことじゃないか?と内心焦りながら、俺も一緒になって手を叩いて笑った。

家に帰ってネットで調べると、どうやら成長と共に治るわけではないこと、そして普通ではないらしいことがわかり、すうっと血の気が引いた。ネットにはからかいや侮蔑、差別的な言葉があふれていた。だけどクラスのみんなと表面的に笑っていた俺も、中傷している連中と同罪なんだと悲しくなった。

隠さなくちゃいけない。

絶対に、誰にも知られちゃダメだ。

その日以来ずっと、普通の男子を演じてきた。中学生になると仲間と一緒にエロサイトを観て、わあわあ騒いだ。だけど女子に告白されてもごまかして、誰とも付き合わなかった。

　そんな俺だったが、高校でルネに出会った時は、ちょっと違った。明るくて頭が良くて、あっけらかんとしたルネの笑い声を聞くと、心が晴れやかになった。ルネが他の男と仲良くしていると妬けて、盗られてしまったような気分になる。

　あ、これ、好きじゃん。

　ルネのこと、めっちゃ好きじゃん。

　女子を好きになれたことに、涙が出るほど安堵した。なーんだ、俺、ノーマルだったんだ。だからルネから初もうでに誘われて、帰り際に「付き合わない？」と言われた時は舞い上がって即オーケーして、どこへでも連れて歩いた。家に連れて行った時はオカンもオヤジも、ルネを褒めてくれた。

　音楽とゲームの趣味もぴったりで、話が尽きない。一緒にいると時間を忘れるほどだ。だけど——ルネの部屋に遊びに行って、初めてキスをした時、全く何も感じなかった。それどころか、ざわざわと寒気がした。

　あれ？

　俺、ルネのこと好きなんだろ？

　好きだったら、キスとかするんだろ？

おかしい。俺は焦りながら、ルネの胸を触った。ジェラート ピケのもこもこした部屋着の上からでもわかるくらい、潑溂としたバスト。だけどまた悪寒がした。あの時は自分の気持ちに混乱したけれど、今ならわかる。男に性的興味のない男が、相手のペニスを触った時に感じるような不快さだろう。

俺は手を止めた。ルネを好きな気持ちは正真正銘、本物。だけどどうやら、恋愛感情ではなかったらしい。

ルネは「キヨは真面目なんだね」と微笑んで、何事もなかったように音楽を聴いてゲームをして過ごしてくれた。だけどそれ以来ルネにどう接していいかわからなくなって、ＬＩＮＥが来ても既読スルーするうちに、「付き合うの、やめよっか」と言われた。俺も、うん、とだけ頷いて、初もうでから始まった三か月の短い付き合いは終わったのだ。新学期が始まる前にルネは一コ上の先輩と付き合い始め、今でも続いている。

だからルネと別れたあと意気消沈してるようにテツに見えたとしたら、それは男しか好きになれないという事実を、今度こそ認めなくてはならなかったからだ。誰かを好きになっても、相手からは気持ち悪がられる。万が一、両思いになれたとしても、関係は秘密にしておかなくちゃならない。この先どうしたらいいんだろう、と絶望しかけていた。

だけど今は違う。俺は、最高にハッピーなのだ。

「ま、カノジョがいねーなら話が早い。今日、合コンがあるんだ。A女子学院の子と。行くっしょ?」

「やめとく」

「なんでだよ。バイト休みだろ?」

「だけど行かない。約束があるんだ」

「はあ? 合コンくらい付き合えよ。お前が来たらもりあがんだから。それとも本当はカノジョができたとか」

「さーな。じゃ、急ぐから先行くわ」

またダッシュで駆け出すと、「付き合い悪《わり》ぃー!」と怒声が飛んできた。が、気にせず走る。

ああ。見上げたら吸いこまれてしまいそうなほど高く、広く、青い空。

雄哉と初めて出会った日も、こんなとびきり素敵な天気だった——

雄哉と出会うきっかけとなった音楽系SNSを見つけたのは、ルネと別れたばかりの春休みで、ゲイである自分に悶々と悩んでいた頃だった。ジョギングしたり、久しぶりに空手道場で汗を流してみたものの、ちっとも気は晴れない。激しい音楽でも聴いて発散しようと音源を探しているうちに、そのSNSに辿り着いた。

五十名くらいの参加者がいて、ジャンルは不問。みんな思い思いに投稿して、気が向いたらコメントをつける。スルーもOK。ゆるいノリが心地よかった。

投稿の内容はアルバムのジャケ写真だったり、ファンアートだったり、新曲の感想だったり、ライブのレビューだったりした。一番の人気は「歌ってみた」「弾いてみた」などの動画系で、その中で「勝手にPV作ってみた」という変わり種の動画を上げているUという人がいた。

スマホで撮影して編集したと説明書きにあって、主に写真をつなぎ合わせたコラージュ動画だったが、どの写真もハッとするような色彩と構図で、独特のセンスを感じた。数週間に一本の割合でアップされる作品を俺はいつも楽しみにし、感想を必ず書き込んだ。

そのうちにメールでもやり取りするようになって、Uがバンドでベースを弾いていることを知った。コピーバンドはうちの学校の軽音部にもいるけど、オリジナルの曲を作る人は、周りにいなかった。

オンライン上で音源を聞かせてもらったら、めちゃくちゃカッコよかった。

「なんか初期のXみたいですね。後ろにJAPANとつく前で、YOSHIKIさんが髪をツンツンにしてた頃の」

そうメールに書いたら、「なんで知ってるの？　君、プロフ通りだとすれば十七歳でしょ？」と返ってきた。

「オカンがリアルタイムで好きだったんで」

「へー。お母さんは他に何を聴くの」

「一番好きなのはLUNA SEAらしいです。あとはマリス ミゼルかなあ。ビジュアル系じゃないけど町田町蔵とかBLANKEY JET CITYとかラフィンノーズのCDも家にありますね。BLANKEYの野音に行ったのも自慢で、よくTシャツ着てます。

海外のバンドも聴いてますよ。ソニック・ユースとかノイバウテンとかザ・キュアーとか」

「いかしたお母さんだねえ」

そんなやりとりをするうち、「四月末にライブをするからおいでよ」と誘ってくれた。Uがどんな人か、全く知らなかった。何歳なのか、社会人か学生か、男なのか女なのかさえも。「若い子」と俺を呼び、オカンと同じ音楽を聴いているってことは、まあオカンの世代かなあ、と漠然と想像していた。失礼だけど、おっさんおばさんが青春をこじらせてやってるバンドなんだろうなと。

ライブはてっきり夜からだと思っていたら、昼過ぎからだった。出演バンドが多いので、一日かかるらしい。家から出ると春の陽気が気持ちよく、すこーんと抜けるような青空だった。

動画サイトやオカン秘蔵のライブビデオはたくさん観ている。だけど生のライブって初めてだ。かなりわくわくしていた。

電車を乗り継いで辿り着いたライブハウスは地下にあって、エントランスに立てかけられていた電子ポスターには「S大　バンドサークル　新入生歓迎ライブ」という文字が光っていた。Uって大学生だったのか。意外だった。

フロアには一般客はおらず、全員が和気あいあいとお喋りし、飲みながらライブが始まるのを待っている。俺には大学サークルのシステムがわからないけれど、察するに、四月から入った新入生に、先輩の演奏を見せるライブってことなんだろう。いかにも内輪の発表会的なノリで、俺一人がアウェイだった。サークルだと知っていたら来なかったのに。

Uのバンドはトップバッターで、持ち時間は二十分だと聞いていたので、それだけ観たら帰ることに決める。白けた気分であいていた椅子に腰を下ろすと、ステージに四つの人影が出てきた。ドラムセットに女性が座り、男性がギターを抱え、女性がベースのチューニングをし、もうひとつのギターを持った男性がマイクスタンドの前に立つ。Uはベースだと言っていたので、あの女性のはずだと思いながら、目を凝らした。ショートカットで、しなやかな長い首が印象的だ。目力の強い、きれいな人だった。

ドラムのカウントで曲が始まり、ギターが鳴った。赤や青の、派手な照明が目を射貫く。思わず目を閉じた。爆音が耳をつんざき、フロアに反響して体に振動が伝わる。体中の血液が掻きまわされ、沸騰するようだった。

ライブって、こんなに迫力あるんだ。

確かにオカンがハマっていたのもわかるなと思いながら目を開け——視線を奪われた。ギターを弾きながら歌っているのは背の高い、ずいぶん整った顔をした男性だった。ギターの上手下手はわからないけれど、声がいいのは素人にも明らかだ。少しハスキーで、だけど艶があり、深みのある声。一瞬で、魅せられた。

こんな人が存在するんだ。

俺はもう、音楽など耳に入らなくなって、ただその人だけを目で追っていた。照明の色が変わるたびに、彼の肌が赤や緑、青、紫になって、熱帯魚みたいだと思った。ぼーっと見惚れているうちに、五曲の短いステージは終わった。息ができなかった。ただ姿を見ているだけで、胸が苦しくなる。こんな感覚は初めてだった。

ああダメだ。好きになっちゃダメだ。どうせ報われないんだから。

拍手の中、ステージからメンバーがそのまま客席におりてくる。「次のバンドのセッティングが終わるまで休憩でーす」とサークルのリーダーらしき男が声を張り上げ、別のメンバーがステージに楽器を持って上がる。

Uとおぼしき女性が、ベースを担いだままこちらにやってきた。俺は椅子から立ち上がる。挨拶はもちろんだが、さっきのギターボーカルの名前を知りたいという下心もあった。

「こんにちは、聖将です」

彼女は立ち止まったものの、いぶかしげに眉を寄せる。

「ほら、あの……SNSで――」

「ああ、君が聖将くん？」

振り向くと、そのギターボーカルが立っていた。

「俺だよ、U」

「Uさん？　あれ、でもベースって……」

「ギタボの奴が熱出してぶっ倒れて。それで俺が代わりに」

「そうだったんですか」

この人が、Uだったんだ……

「あ、本名は雄哉。聖将君は本名？」

「はい。杉山聖将です」

「誰なのよこの子、可愛いじゃん」

女性がベースを肩から外しながら訊いた。

「ネットで知り合った子。今日が初対面」

「ネットぉ？　なーんかオタクっぽい」

彼女はからかうように笑う。

「あたし美弥子《みやこ》。雄哉の彼女です」

ベースを力強く弾いていた手を差し出してくる。しなやかなその手を握り返しながら、胸がずきんと疼いた。ほら、もう失恋したじゃないか。

「ライブが終わったら打ち上げがあるの。おいでよ」

美弥子が言い、雄哉が頷いた。

「それがいい、来れば？」

「あ、いや――」

「遠慮しなくていいのよ。部員じゃなくても参加ＯＫだから」

「いえ、明日古文の小テストがあるんで勉強しないと」

「へえ、真面目だなあ」

雄哉が笑った。

「じゃあゴールデンウィーク明けは？　みんなで花火を見に行くのよ。多い方が楽しいわ」

「花火？　こんな季節にですか？」

「夏ほどじゃないけど、春にもいくつか花火大会はあるんだ。俺たちが行くのは音楽と花火の饗宴ってフェスで、花火に合わせて音楽も流れる。河川敷で花火と音楽を肴にわいわい飲むのは最高だよ。あ、高校生に酒は飲ませないから安心して。俺たち健全なサークルだから」

考えるまでもなく、即答していた。

「参加します」

ＬＩＮＥと電話番号を交換してから、ライブハウスを後にした。


結局あの日はドキドキしっぱなしで、勉強なんて手につかなかったな——

回想に浸りつつ帰宅すると、俺はシャワーに飛び込んだ。しっかり汗を流したら部屋に掃除機をかけ、シーツを替えておく。

今日は雄哉が来てくれる。そして我が家には誰もいない……という黄金パターン。オヤジは仕事だし、オカンは同窓会。夜まで二人っきりなのだ。

雄哉も自宅暮らしなので、いちゃいちゃできる場所はない。平日の昼間。夏休みだからこその貴重なチャンスだった。

インターフォンが鳴る。ドアを開けると、門の外に雄哉が立っていた。眩しいのは、彼の背後にある太陽のせいだけじゃない。

「駅前でケーキ買ってきた」

雄哉が、ひょいと箱を持ち上げる。うちに来るのは、オカンが招待してくれた日から二週間ぶりだった。

「えー、いいのに。あ、どうぞ」

「お邪魔します」

こんなやり取りすら、甘やかに感じる。

雄哉が家にあがり、並んで廊下からキッチンへと歩きながら、不思議な気分になる。俺の大好きな人が、今、うちにいるなんて。

ああ、本当に付き合ってるんだなあ。

ライブハウスで出会い、この気持ちこそ恋だと自覚したけれど、それは同時に絶望でもあった。どんなにこの人を望んでも、決して手に入らない。お似合いの彼女もいるし、仮にフリーであっても男の自分は相手にされるはずがない。

初めて本気の恋に落ちた——と同時に、失恋。

残酷だと思った。

花火大会の日が近づくにつれて辛くなり、交換したＬＩＮＥ　ＩＤに断りのメッセージを何度も打ちかけた。

だけどやっぱり会いたかった。絶対に実らない。それならせめて、友人としてそばにいたい。

待ち合わせは花火大会が行われる河川の土手だった。花見のようにビニールシートを敷いて、各自酒やつまみを持ち寄るのだという。コンビニでスナック菓子や飲み物を買い込んで向かったものの、すごい人出で場所がわからない。ビニールシートで宴会しているグループは何十組もいて、目印に赤い旗を立てておくと言われたが、夜の闇の中で見つけるのは不可能だった。泣きそうになって雄哉に電話をし、橋の近くで迷っていると言うと迎えに来てくれるという。

「おう、来たな、高校生」

ふらりと現れた雄哉は、ゆかたを着流していた。ゆかたは女子のものという先入観があったが、目の前の雄哉の立ち姿は凜とし、雄々しく、風流で、祭りの華やいだ雰囲気の中でも一段と艶がある。襟元から覗くきれいな首筋と鎖骨に、つい目が吸い寄せられた。

「……少女漫画のキャラみたいですね」

見惚れていたのをごまかそうと、わざと呆れたように笑ってみせた。

「へ？」

「だって花火大会にゆかたなんて。あんまり男で着てる人、見たことないから」

「あー美弥子が着ていこうって駄々こねるからさ」

またずきんと胸が疼く。

人波をかき分けながら、並んで歩きだす。連なるちょうちんの下に屋台がひしめいていて、焼きそばやベビーカステラなどの匂いが混じりあっていた。

「お、ラムネ。今時ガラスの瓶だ。めずらしー」

屋台の前の水を張ったバケツからラムネを二本取り出し、雄哉は会計した。屋台のお姉さんが、玉押しでビー玉の栓を開ける。ポン、ポンと小気味の良い音がし、青味がかったガラス瓶の中で、泡が渦巻いた。

「ほら」

お姉さんから受け取り、一本を俺に渡す。

「あ、じゃあお金払います」

「は？　いいよ、これくらい。君は育ちがいいね」

雄哉は笑いながら、ラムネに口をつけた。

瓶が傾き、ビー玉がころころと飲み口まで転がってくる。なんだか自分が吸い寄せられている気がして、そしてそんなことを考えた自分に恥ずかしくなった。

この人にはラムネがなんて似合うんだろう。爽やかで、透き通っていて、すがすがしくて、涼やかで。

ラムネを飲むたびになめらかに動くのどぼとけを、ついじっと見つめてしまう。ライブで歌っていた時にも動いていた。

触れてみたい……って、何を考えてんだ、俺。

ぐいっと自分のラムネを口に含んだら気管に入り、思い切りむせた。雄哉が柔らかく笑う。眩しい、眩しい。目を灼いてしまいそうだ。

「おいおい、大丈夫?」

雄哉が俺の背中を叩く。久しぶりに飲むラムネは炭酸がきつく、舌が痺れて甘苦かった。

「大丈夫です」

また二人で歩きだす。すぐ隣にいても、俺と雄哉の距離は果てしなく遠く、永遠に交差することはない。

ゲイの人って、いつもこんな辛い思いをしているんだろうか。ゲイ同士で恋愛すればいいんだろうけど、そうじゃない人を好きになってしまったらどうすればいいんだろう。どうやって諦めればいいいんだろう。友人としてそばにいるなんて、やっぱり無理だ。

「あの――」

帰ります。

そう言いかけた時だった。

ドーンドーンドーン、と大地を揺らすような音とともに、花火が上がった。夜空を同時に見上げる。雄哉の顔に反射する色とりどりの明かりにライブステージを思い出して、あの瞬間を呪った。

出会わなきゃよかった。

この人を知る前の自分に戻りたかった。

「俺、帰ります」

この人が美弥子さんといるところを見るのは辛すぎる。ゆかた姿のカップルなんて見たくない。

花火の音だけでもすごいのに、音楽との饗宴とやらでスピーカーから大音量のロックが流れてきた。爆音の中、大声を張り上げる。けれども雄哉には届かないのか、魅せられたように空を見上げたままだ。その瞳に花火が映り込んで、まるで虹を閉じ込めているみたいだった。

「あの、もう失礼します」

肩を叩くと、やっと雄哉が俺を見た。

「聞こえない。なに?」

雄哉も声を張り上げながら、耳を近づけてくる。雄哉の息が頬にかかり、ラムネの香りがした。

打ち上げの合間に一瞬、音楽も途切れた。その隙にと早口で言う。

「用事を思い出したんで、今日はこれで――」

特大の花火が打ち上がった。滝のように空を流れながら、バリバリバリ、と夜空を焼き尽くすような派手な音を立てる。雄哉の意識はすでに、そちらへ戻っていた。

雄哉が笑顔で、ほとんど叫ぶように何か言った。だけど全然聞こえなかった。口の動きから、おそらく「すごいよな」だろう。

立て続けに、大輪の花が咲く。音も音楽も、大地を震わせるほど、ますます大きくなる。

「――好きになりました!」

どうせ聞こえないならと、大胆になっていた。

「めちゃくちゃ好きです!」

また叫んだ。花火の轟音にかき消され、雄哉にも、誰にも聞こえない。何度でも何度でも、打ち上がるたびに叫んでやった。

「苦しいので、もう二度と会いません。さよなら！」

最後にひときわ大きな声で言うと、俺は挨拶もせず、人混みをかき分けて会場を去った。

ちらっと振り返ると、雄哉は俺がいなくなったことに気づかず、楽し気に夜空を見上げていた。

「どうしたの？」

ケーキの箱を持ったまま冷蔵庫の前で突っ立っている俺の顔を、雄哉が不思議そうに覗き込んでいる。

「あ……出会った頃を思い出してた」

「どんなこと」

「秘密」

「えー」

後ろから抱きしめられ、耳たぶを甘噛みされる。

「わー、ちょっと。ケーキケーキ」

大騒ぎしながら冷蔵庫にケーキをしまい、そのままペットボトルのジュースを二本取って、二階の部屋へ行った。ドアを閉めた途端、雄哉に抱きすくめられ、キスされる。

「お前のお母さんに、怒られちゃうかな」

唇を離して、ふと雄哉がそんなことを言う。

オカンにはセックス禁止令を出されている。いわく、もっとお互いに大人になって、確実にコミットできるようになるまで待てと言う。つまりそれまでは清らかな関係でいろってこと。

付き合い始めて二か月。キスとか、まあちょっとしたイチャイチャなんて、何度もしている。だけどそこから先は、まだだった。なにもオカンの言いつけを守ろうとしてたわけじゃない。場所と、チャンスがなかっただけだ。

俺には、もうこの人しか見えない。雄哉を認めてくれたオカンを裏切るような気はしないでもないけれど、好きで好きで仕方がなくて、心も体も欲しいって願ってしまう。もっと結びつきたい。そう望むのは、自然なことじゃないだろうか。

だから俺は答える代わりに、今度は自分からキスをした。そのままベッドに倒れ込むと、ジュースのボトルが二本とも床に落ちて転がっていく。

雄哉の汗ばんだ手が、Tシャツの下に滑り込んできた。いつの間にか二人ともするすると服を脱いで、冷房で心地よく冷えたシーツの間で抱き合っている。

俺も、雄哉も、お互いが最初の同性の恋人。

だから、何をどうすればいいか、実際のところよくわからない。

だけど、どこをどうすればいいのかは、わかる——同じ体を持っているから。

無我夢中で、手探りで、お互いに触れ合う。素肌が密着するだけで、こんなに幸せな気持ちになれるなんて思いもしなかった。

僕の首筋に唇を這わせていた雄哉が、ハッと顔を上げた。

「誰か帰ってきた」

「え?」

耳を澄ますが、何も聞こえない。

「気のせいだよ。今日は夜まで誰も——」

「しっ」

雄哉の人差し指で、唇をふさがれる。それだけでもドキドキした。しかし次の瞬間、それは別の種類のドキドキに変わる。確かに、物音がする。

「マジかよ」

俺たちは大慌てで飛び起き、服を着た。部屋を出て階段から玄関を見下ろすと、オカンが大きな紙袋を両手に抱え、追い立てられるようにパンプスを蹴り脱いでいるところだった。

「オ……オカン!?」

「やだ、今の見なかったことにして」

よそいきのワンピース姿のオカンは転がったパンプスをそのままに、廊下を走り抜けてリビングダイニングへと入って行く。

「あーお刺身が悪くなっちゃう。この暑さじゃ保冷剤もすぐ溶けるんだから」

俺は一気に階段を駆け降り、オカンを追いかけた。

「同窓会じゃなかったの?」

「え? 今日は同窓会の幹事の集まり。今年は副幹事になっちゃったのよね」

「で、でも、インターナショナルホテルで七時までって……」

オカンはリビングダイニングを足早に横切って続きのオープンキッチンに行くと、勢いよく冷蔵庫のチルドルームを開けた。刺身しか頭にないようで、デパートのロゴ入りの紙袋からせっせと取り出しては入れていく。

「ギリギリセーフ。まったく、今日も猛暑でいやになるわ」

入れ終えるとやっと安心したように、チルドルームを閉めた。

「えーと、何の話だっけ？　ああ、そうよ。同窓会当日は七時まで押さえたわ。なんで知ってるの？」

電話でオカンが話しているのを聞いて、てっきり今日が同窓会当日だと思い込んでいた。わざわざ確認したら怪しまれるからと、こっそり情報収集していたのが裏目に出た。

「いや、別に……」

オカンは「変な子」と訝《いぶか》しみつつ別の紙袋から総菜パックを出し、冷蔵庫を開けた。ケーキの箱を見て、「あれ」と言う。

「珍しいわね。買ってきたの？」

「いや、実は――」

「お邪魔しています」

雄哉が入ってきた。

「あら」

オカンが目を丸くする。

気まずい。なんとなく、気まずい。

「さっき。雄哉はさっき来たばっかなんだ」

今さらながら髪が乱れていないか心配になり、慌てて撫でつける。

「先日はお招きいただいてありがとうございました」

雄哉が頭を下げる。

「いいえ、こちらこそ。みっともないところ見せちゃって。良い年して酔っぱらって、恥ずかしい」

オカンは顔を赤らめながら、総菜パックやハムをしまった。

「掃除までしてくれたんですって？　申し訳なかったわね」

「とんでもない。祖母の介護で毎日やってるんで、慣れてますから」

「今日、来るなんて知らなかったわ。言ってくれれば良いお肉でも買ってきたのに。この子、わたしが同窓会で夜まで帰らないって思ってたみた――」

オカンが何かにピンときたように、キッと目を吊り上げた。

「あんたたち！　まさか――」

「何もしてないよ！」俺は先回りして声を張り上げる。「上でゲームしてるだけだから！」

「へえー、そう。どんなゲーム？」

今までそんなこと訊かれたことないのに。頭が真っ白の俺を助けようと雄哉が口を開いたのと、俺がやっと声を絞り出したのは同時だった。

「フォートナイト」「どうぶつの森」

見事に違う。オカンの顔が引きつった。

「と、と、とにかく、色々なので遊んでる」

「色々？　だってさっき来たばかりなんでしょ？」

墓穴。

「あんたたちね、わたしとの約束を破ったら許さないから」

「わかってるって。じゃあゲームの続き、やるから」

俺は笑ってごまかすと、雄哉の腕を引っ張って、急いで二階に上がった。


「いやあ……焦ったな」

雄哉は苦笑しながら、ゲームの電源を入れている。

「ごめんな、オカンの予定、勘違いしてた」

「いいよ。キヨのせいじゃない」

こそこそ話していると、ノックの音がした。

「いただいたケーキ持ってきたわ」

オカンが笑顔で入ってきた。俺と雄哉の間に割り込ませるようにして、ケーキと紅茶を載せた盆が置かれた。オカンの視線が、まだローディング中のゲーム画面を捉える。冷や汗ものだった。

紅茶もケーキも、三つずつ。オカン、居座る気かよ……

「大学はいつまで夏休みなの？」

俺と雄哉にカップを渡した後、オカンはにこにこして自分の分をすする。

「九月二週目までです」

「じゃあかなりゆっくりできるのねえ。でもバイトとか大学の論文とか忙しいんでしょう？」

「いや、特には――」

「聖将は雄哉くんの邪魔をしちゃだめよ。大学生は忙しいんだから。あんたもそろそろ受験のこと考えないといけないし」

笑顔だが、なんとなく棘を感じる。どうやら、俺がこっそりと雄哉を連れてきたことだけが原因ではなさそうだ。

「オカン、大丈夫？」

「ん？　なにが？」

ショートケーキを頬張りながら、オカンが俺を見る。

「やっぱ、まだ消化しきれてないのかなって。俺と雄哉の関係」

「んー……まあそりゃあ、いきなり息子にゲイだってカミングアウトされたと思ったらボーイフレンドまで紹介されて――戸惑わないはずはないよね」

「……ですよね」

雄哉は紅茶にもケーキにも手をつけないまま、うつむいている。

「だけどね、気持ちを切り替えたの。だって清い関係でいる限り、お友達と変わらないってことでしょ？　テツくんとかと同じ」

「でもそれは――」

でもそれは、俺が求めているオカンからの理解じゃない。清くあろうがなかろうが、雄哉は俺の「お友達」なんかじゃない。

恋人なんだよ。それをわかってほしいんだよ――

だけど言いかけて、やめた。

もともと、俺のカミングアウトにオカンは大打撃を受けていた。だけど一生懸命わかろう、受け入れようと努力してくれている。家に連れてくれれば、こうしてもてなしてくれる。

それで充分じゃないか。

今は、これ以上をオカンに求めるのは酷だ。

「……うん、そうだよな」

しんとする。雄哉の前にあるケーキと紅茶はまだ手つかずだが、俺とオカンはとっくにケーキを食べ終わり、紅茶のカップも空で、手持ちぶさただった。

「紅茶のおかわり、持ってくるね」

決まり悪さをごまかすように、オカンが立ち上がる。

「あ、そうだ。シャンパンいっちゃう？　この前お土産でいただいたの。雄哉くん、ケーキよりそっちの方がいいよね」

「あ、いえ、僕は――」

「遠慮しなくていいから。あ、聖将にはジュース持ってきてあげる」

盆にケーキ皿やカップを載せて、出て行った。

「ごめんな。友達と同じだなんて」

俺はそっと、手を雄哉の方へ伸ばす。

「いいよ。お母さんには、少しずつわかってもらえばいい。一緒にお茶してもらえるだけで、俺はありがたいから」

雄哉がぎゅっと手を握り返してくる。どちらからともなく顔を近づけ、もうすぐ唇が触れる――というタイミングで、ドアがばーんと開いた。俺たちは慌てて離れる。

「いろいろ持ってきたよー。酒盛りだ酒盛りー。あはは」

やたらとテンションが高く、シャンパンにワインにジュース、スモークチーズ、スナック菓子、さきいかなどを、盆にてんこもりにしてオカンが戻ってきた。多分これも、オカンなりに受け入れようとしての行動だ。そしてきっと、それには酒の力が必要なのだろう。そう思うと、またちょっと申し訳ない気がした。

「はい、どうぞ」

オカンがグラスを雄哉に手渡し、シャンパンをそそぐ。金色の泡がグラスの中で弾け、ぶつかり、さらに弾ける。あの日のラムネみたいだと思った。

飲み始めると、最初は緊張気味だった雄哉も、少しリラックスしてくる。オカンはやたらとペースが速い。

「オカン、また悪酔いするよ」

「あーら、いざとなったら雄哉くんが介抱してくれるもん。ねー」

そう言いながら、がんがん飲む。気を遣って雄哉も追随する。そのうちに、オカンの目がすわってきた。雄哉はまだ完全に緊張が解けていないのだろう、かなりの量を飲んでいるはずだが、まだ背筋がピンと伸びている。けれども顔も首も、すでに真っ赤だった。

「聖将はね、小さい頃から、本当に可愛くてね……」

急にオカンがぽろぽろと涙を流すもんだから、俺はぎょっとした。けれど雄哉も涙を浮かべ、「そうでしょうね」と一緒になって洟をすすっている。おいおいおいおいおい、この酔っ払いどもめ。

「女の子にもモテるのよ。ルネちゃんって可愛いガールフレンドもいてね」

「おいオカン、そんな話……」

「それなのに、どうして男の人に興味がいっちゃったんだろうって、つい考えちゃうのよ。正直、毎日毎日、そればっかり考えてる」

「いやもう、それは、本当に申し訳ないというか」

「すごくすごく、大切に育ててきたわけ」

「わかります」

二人とも、すでに呂律が回っていない。

「守ってきたの。夫とわたしで、全身全霊をかけて」

「はい」

「世界で一番、わたしと夫が――ううん、わたしがこの子を愛してるわけよ。お腹にいた時から、ずっと誰にも負けない愛情を――」

「いや、でもね、お母さん」

「あんたにお母さんと呼ばれる筋合いはない」

「お言葉ですけどね、僕だって、聖将くんのこと、ものすごく愛しています。世界で一番愛していると、自信をもって言えますよ」

思いがけない、力強い愛の言葉。だけどこんな状況ではちっとも喜べず、ただハラハラするだけだった。

「オカン、もういい加減にしなよ。雄哉も、もう帰った方が良くない？」

「軽々しく、世界一だなんて言ってほしくないわね」

「だけど本心です！」

二人とも聞いちゃいない。

「真剣なんです。僕だって、ずっと聖将くんを守って、大切にして、一緒に生きていきたいって思ってます！」

雄哉が、こぶしで床をドンと叩いた。

「あんたねー、世界一の愛情ってのは、その人のために命さえ捨てられるってことなんだよ？」

「覚悟はあります！」

「かーっ、何言ってんだか若造が。あんた軽いねえ。母親の愛情には絶対に勝てっこないよ」

「勝ってみせます」

「勝てないっての！」

「だけど勝ちたいです」

「勝ち負けじゃないの！」

「勝つとかなんとか言い出したのは、お母さんでしょ」

「お母さんて呼ぶな！」

二人ともこんなに酒癖が悪いとは。しかも絡み酒だとは思わなかった。

「だいたい、それくらいの大きな覚悟がなくて、同性と付き合えると思いますか。僕らにとっては、ものすごく勇気がいるんです。障害だらけです。だけど僕は心から――」

「あーのーねー」

ぴたぴたとオカンが雄哉のほっぺたを叩く。

「母親の愛に勝るものはないの！　それは絶対なの！　子育てってどれくらい大変か、あんたには想像もできないでしょ。ミルクやってオムツ替えてお風呂入れて、でもすぐにミルク吐かれて下痢のうんちがおむつから漏れて洗いたてのシーツがべちょべちょになって、またそれを洗って。それがねえ、二十四時間、何日も何か月も何年も続くんだよ!?　あんたにそんなこと、できる？」

「できますよ！　お忘れですか？　僕は祖母を介護してるんですよ！」

反論できず、さすがにオカンは言葉に詰まった。

「ふーんだ、ばーかばーかばーか」

反論を諦めたオカンは、あろうことか幼稚園児並みの反撃に出た。

「わたしはねー、小さい頃からこの子のおちんちん見てるんだからねー」

やめてくれ、なんなんだよその低俗な自慢……俺は呆れて、「はいはい、オカン、もう酒は終了」とグラスを取り上げた。

しかし、まさかの事態が起こった。

「僕だってさっき見ましたよ!!」

雄哉が、そうのたまったのだ。

ピッキ――――ン。

一瞬で、空気が凍った。

凍らない、凍ります、凍る、凍れば、凍ろう――ラ行五段活用。

Freeze Froze Frozen
The air was frozen by my boyfriend.

あはは、こんな英語ってあんのかなー……って、ああ俺、今、すごい脳がバグっている。

オカンと雄哉は、ものすごい顔をして睨み合っている。俺は今すぐこの場で瞬間冷凍されれ、一億年後くらいに発見されたいと願った。

「あんたさっき、聖将とはエッチしてませんって言わなかった？」

「言いました。最後までは本当にしてません」

雄哉は胸を張る。

「最後までだぁ？　ってことは——」

「はい！　その手前までは、さっき色々としました！」

ああ、もう完全に終わった——

「ひとの息子に手ェ出しやがってー！」

オカンのびんたが、雄哉の頬を目がけて飛んでいった。

「途中まででもダメだっつーの！　この裏切り者！　もう聖将に会うな！　二度とうちの敷居をまたぐな！　今すぐ出てけー！」

「……本当にごめん……」

追い出されて、俺たちは公園のベンチに座っていた。もうすぐ夜の七時だというのに、まだ夏の太陽は屋根の間にしがみつき、しつこく熱気を放っている。

雄哉は自動販売機で買った水を飲んでは、ため息をついている。徐々に酔いが醒め、事の重大さに気がついたらしい。

「ああもう俺、二度とお母さんに顔合わせられないよ」

「っていうかさあ、雄哉も飲みすぎだよ」

「ごめん……」

虚空を見つめる俺たちの目の前を、たくさんの人が行き交っていく。そのうちの一人が、俺たちのベンチの前で足を止めた。

「あれー、聖将くん？」

ぱんぱんに詰めたエコバッグを両手に抱えた優美おばさんだった。

「あ！　カレシも！　雄哉くんだよね」

「優美おばさん、声おっきーよ！」

慌てて口元に人差し指を立てた。だけど誰も注目することなく、ただ通り過ぎていく。

「なによ、別にいいじゃない。本当のことだし。男にカレシがいちゃ悪いか」

優美おばさんはダメ押しみたいに、またデカい声で言った。

「先日はどうもありがとうございました」

雄哉はまだ酒臭かったけど、好青年スマイルでそつなく頭を下げている。こういうところがいいんだよな、なんて、ついピンチな状況も忘れて思ってしまう。

「やーだ、キヨくんたら、雄哉くんに惚れ直しちゃって。好き好きオーラがダダ洩れだよ」

優美おばさんがけらけら笑う。ていうか、ちょっと見てただけのつもりなのに、優美おばさんのセンサー、鋭すぎない？

「こちらこそ、とっても楽しかったわ。また遊びに来てね、また遊びに来てね——って、わたしの家じゃないけどさ」

優美おばさんは笑った。また遊びに来てね、という言葉にさっきの出来事を思い出して、雄哉と気まずそうに顔を見合わせていると、優美おばさんが「ん？」と片眉をあげた。

「なんかあった？　元気ないね」

さすが優美おばさんのセンサー。

「あーいや……ちょっとオカンと……」

「ん？　ん？　ん？」

芝居がかったしぐさで、優美おばさんが顔をずいっと寄せてくる。

「なに？　あの子になんか言われた？」

「はい、出禁になりました」

雄哉が肩をすぼめる。

「出禁？　なんで？」

「うーん、ちょっと色々ありすぎて……」

「ふーん、ワケありっぽいね。あなたたち、なにか予定ある？」

「いえ、別に……」

「じゃあうちにおいで。ゆっくり話を聞いちゃろう」

優美おばさんは頼もしい笑みを浮かべた。


優美おばさんの家は、駅の反対側にある。我が家から駅までが十五分、駅から優美おばさんの家までが十五分。しかも、駅を真ん中にして地図を折ると、ほぼ重なる位置にある。公園から優美おばさんの家まで歩く間、雄哉はエコバッグを二つとも持ってあげていた。いかにも親切をアピールする感じじゃなくて、ごく自然に。

「惚れてまうやろー」

と優美おばさんは喜んでいた。

優美おばさんの家に行くと、敏行がコンピューターに向かっていた。俺より四つ下の中一。ガキの頃はよく遊んだけど、俺が中学生になるとほとんど会わなくなった。小学生と中学生の境目は大きい。だから敏行に会ったのは、けっこう久しぶりだった。

「あー、キヨ兄ぃ」

コンピューター画面の向こうから笑いかけてくる。

「元気してたか？　あれ、お前メガネ？」

「急に視力悪くなって」

「この子、ゲームばっかやってんだもん」

優美おばさんが、エコバッグの食材を冷蔵庫に仕舞いながら言った。

「まあ俺も人のこと言えないからなあ。中学生には今どういうのが流行ってんの？」

「Scratch」

「スクラッチ？　聞いたことない。どこから出てるゲーム？」

「自分で作ってんの。ゲームばっかりやってるってお母さんは怒るけど、プレイしてるんじゃなくてクリエイトしてるわけ」

「え、ゲームを自分で？」

「そうだよ」

画面をこちらに向けてくる。そこには市販のソフトより画質は粗いが、可愛らしいキャラクターがちょこまかと動き回っていて、モンスターと戦っている。

「これをお前が作ったって？　マジかー。すげえな」

「将来はゲームクリエイターになりたいんだもん。僕は真剣なんだからね」

敏行はそう口をとがらせて、また画面に没頭し始めた。

「優美おばさん、トシ、すげえじゃんか」

食材を仕舞い終わり、お湯を沸かしている優美おばさんのところへ行く。

「でも目は悪くなるし、成績は下がりまくりだし、まいっちゃうわよ」

洗面所に手を洗いに行っていた雄哉が入ってきた。

「この人誰？」

敏行が訊く。

「あ、この人は――」

さすがに中学生に恋人と紹介するのはまずいな、と瞬時に思う。友達、と言いかけたとき、

「カレシよ、聖将くんの」

と優美おばさんがカウンター越しに言った。マジか。

「カレシ？」

敏行が目を丸くする。

「男と男って、付き合えんの？」

「付き合うなという法律はない」

優美おばさんが答えた。

「えー、だって、どっちも男っぽいじゃん。片方が髪を伸ばしたり、お化粧するんじゃやないの?」

「敏行くんは、ニューハーフ、またはトランスジェンダー、または女装家のことを言っているんだね、きっと」

雄哉が微笑んだ。

「え、いや、よくわかんない」敏行が首をひねる。「テレビで男の人が好き、とか言ってる人って、みんな女のカッコしてるから」

みんながそうではないだろうが、中一の敏行の印象に残っているのはそういう人たちだったのだろう。

「じゃあキヨ兄ちゃんって、オカマなの?」

「敏行のなかでは、オカマっていうのはどういう定義?」

「えーとオネエ言葉で話す人のこと」

「俺はそうじゃない。ただ単に、好きになる相手が男性っていうだけ」

「げえー、キモ」

敏行が言った。さらっとした言い方だった。それが逆に、サクッと胸に刺さった。

「カレシ同士ってことでしょ？　手をつないだりもするの？　ありえない。キモいよ。どっちにもちんちんついてんのにさ」

悪気はないのだろう。まるだしの、無邪気な本音。だからこそ、余計に傷つく。だけどきっと、これが普通の人の反応なんだ。優美おばさんみたいな人の方が、特別ってことだ。

「なんぴとたりとも、人が好きなものを否定や非難する資格は無し。わたしから見たら、ゲーム画面ばっか見てにたにたしてるあんたの方がキモいわ。さあ、ちょっと大人の話をするから、自分の部屋に行った行った」

追い立てられた敏行が二階へ行くと、優美おばさんは俺たちに椅子をすすめ、目の前に日本茶を置いた。

「で？　いったいどうしたって？」

話しながら、まるでコメディだなと思った。

だけどあの時、俺たちは大真面目だったんだ。オカンは本気で怒っていたし、ショックを受けていた。雄哉は自分の愛が本物だと必死に語り、だけど理解してもらえなくて傷ついていた。そして雄哉が傷ついたと思うだけで、俺はすごく悲しくて、その悲しみを一番わかってほしいオカンにわかってもらえないことが、さらに悲しい。挙句の果てに、会うことすら禁止されてしまった。

長くて滑稽な話を、優美おばさんは一度も笑わずに、茶化さずに、真剣に聞いてくれた。

「――わかった」

優美おばさんは、神妙に頷いた。

「莉緒は真面目だからね。息子がゲイだというのは衝撃だったけど、それを乗り越えて理解してあげなくちゃって葛藤しているわけよ」

「はい、それはわかりますけど……」

「莉緒なりにテンパりながらも頑張ってる時に、二人が乳繰り合ってるってわかっちゃったもんだから、パニックになったんだろうねえ」

「優美おばさんは……正直、どう思いますか？」

俺は思い切って訊く。

「なにが？」

「その……最後まで……」

「ああ、セックス？　うーん、そうねえ……まあもうちょっと待ってもいいいんじゃない？」

「どれくらいですか」

「せめて聖将くんが高校を卒業するまでとか。だって莉緒とかわたしの時代って、高校生で大人の関係になる子なんてほとんどいなかったもん。まあうちらが女子校だったからかもしれないけど。だから莉緒の気持ちはわかるかなあ」

「はあ……」

「だけど、デートする権利はあるよね。しばらく出禁は仕方ないとしても、会うことまで止めるのは厳しすぎる。デートはしたらいいよ。テツくんに会うとか、うちに来るとか言って出てきたらいいじゃん」

「マジ。優美おばさん、アリバイ作りしてくれる?」

「するする」

俺と優美おばさんのやりとりを、「だけど」と雄哉が遮った。

「聖将くんに嘘をつかせるのは、いやです。それにもしもバレたら、また信用を無くしてしまうし」

「うーん、まあ確かにねえ」

優美おばさんは腕組みをして黙り込んだ。しばらくすると、おもむろに立ち上がる。

「良い方法を思いついた。ちょっと待ってて」

優美おばさんは二階に上がり、少しして戻ってきた。手には大きめの茶封筒を持っている。

「はい、これ」

「なんですか？」

けっこう分厚く、受け取ると重みがある。ガムテープでしっかりと封をしてあった。

「いざとなったら、あの子に渡すの。あの子が開けないようだったら、聖将くんが開けて見せてあげなさい」

「はあ……っていうか、中身はなんですか？」

「これは切り札――ううん、爆弾かな」

「爆弾？」

「そう。これは復讐へのプレリュードなの」

やけに重々しい口調で、優美おばさんは言った。


「これ、なんだろうなあ？」

駅まで歩きながら、雄哉が封筒を外灯にすかしている。厚手なので全くうつらない。

「復讐へのプレリュードか……俺たちから見返してやれって意味なのかなあ。でも復讐だなんて、物騒なものだったらどうしよう。悪いのはあくまでも俺だったんだし」

「あ、中身わかったかも」

「ん?」

「きっと資料だ。優美おばさん、病院に勤めてるんだ。だから世界の何パーが同性愛者だとか、そのうちカミングアウトしているのが何パーとか、そういうデータとか記事を集めてくれたのかもしれない」

「ああ、なるほど。確かに数字で理解してもらうって大事かもしれないな。だけど、もしそうだとしても……復讐っていう言葉が気になるよ」

「うーん、そうだなあ」

俺たちは首をかしげながら地下鉄の駅まで歩いた。

「じゃあな」

互いにほんの少し手を触れあい、すぐに離した。こういう時、男女のカップルだったらハグしたり、軽くキスだってできるのにな。

「またLINEするから」

「うん。次はいつ会える?」

「……しばらくはやめよう。お母さんの信頼を取り戻すまで」

「そんなの、いつになるかわからないじゃん。それに、優美おばさんが言った通り、会うことは悪いことじゃないよ」

「俺にとってキヨがどれだけ大切な存在か、お母さんにわかってほしいから」

「だけど……」

つい唇をとがらせると、雄哉が困ったように笑った。

「そんな顔すんなよ。キスしたくなるから」

雄哉は軽く僕の頬をつねると、「じゃあな」と改札を抜けていった。

そんなことを言う方が、罪なんだけどな。


それからしばらく、俺は大人しく過ごした。

確かに、先走ってしまったのは若い俺たちだったわけで。オカンのお怒りもごもっともなわけで。

だからバイトを減らして、その時間を庭の草むしりや買い出し、皿洗い、窓ガラス拭きに費やした。なんの事情も知らないオヤジは、「聖将はえらいなあ、感心やなあ」なんて呑気に笑っていたけれど。

一週間ほど経って、そろそろいいんじゃないかと思って切り出した。

「あのさ……そろそろ雄哉と会いたいんだけど、いいかな」

けれどもオカンは、「ダメ」と即答した。

「俺たちも反省したから」

「もう会わせないって言ったでしょ」

取りつく島もない。

「だけど……だけど……」

俺はふと、優美おばさんからの封筒を思い出した。走ってリビングから出て、階段を駆け上がる。

「こらー！　逃げるなー！」

オカンの声に、

「逃げてない！　ちょっと待ってて!!」

と答えて、部屋にある机の引き出しから茶封筒を取り出し、また階段を駆け下りた。

「これ」

肩で息をしながら、封筒を差し出す。

「なんなのよ」

オカンは鼻をふんと鳴らす。

「雄哉くんからの陳情書かなにか？　どれだけあなたを好きか書いてあったりするわけ？」

「わかんない。優美おばさんから」

「なんで優美が関係あんのよ。全くあの子、他人事だと思って引っ掻き回して」

「優美おばさんは親身になってくれたよ。多分これ、ゲイの数のデータとか、ゲイカップルの記事とかじゃないかな」

「そんなの読まない！　優美に返しといて」

オカンは頑として封筒に手を伸ばさず、腕を組んで、ぷいとそっぽを向いた。オカンが開けなければ俺が開けて見せろと言われていたのを思い出して、封筒の上部にハサミを入れる。

「ほんっとーに迷惑。なんで優美はこんなことするのかしら」

「これは復讐へのプレリュードだって言ってたよ」

オカンが俺を見た。真っ青で顔が強張っている。

「あんた……今、なんて？」

「いや、別に俺と雄哉はオカンに復讐なんて考えてないよ？　だけど――」

「ちょ、ちょっとそれ、貸しなさい！」

「え？　ま、待って――」

ちょうどハサミで切り取り終わった封筒を、オカンがひったくる。そのはずみで、中身が床にぶちまけられた。

それは厚手の紙、紙、紙――

データなんかじゃなかった。記事でも資料でもなかった。

全てのページには、イラストが描かれていた。漫画の原稿らしい。でもどうして？

「きゃー！　見ちゃだめ！　見ないで！」

なぜだかオカンが覆いかぶさり、慌ててかき集めている。

「いや、別に見てないけど」

中身が漫画であったことに失望しながら、拾うのを手伝おうとしゃがみ――目を見開いた。

どのページにも、男同士が熱烈にキスを交わしていたり、裸で抱きしめ合っていたり、後ろから××××××していたり、お互いの×××を××××していたり、一人の頭の位置がもう一人の×××にあったり、とてもじゃないけれど頭で自然に伏せ字になってしまうようなシーンばかりが描写されていた。

「見ないでって言ってるでしょ!!」

オカンは這いつくばり、死に物狂いで集めているが、フローリングの床で滑って転んでいる。そのはずみで、オカンが覆いかぶさって隠していた数ページが俺の方にスライドしてきた。

　金髪の男性が涙を流しながら、黒髪の男性に拳銃をつきつけているイラストがページいっぱいに描かれ、上部にはタイトルらしき文字があった。

『復讐へのプレリュード　by　浜家《はまいえ》　莉緒』

　浜家はオカンの旧姓。ってことはこれ……!?

　扉絵がひったくられる。

「――見たわね」

　オカンは顔を真っ赤にし、汗だくで、両手に何枚も原稿用紙を掴んだまま、ふうふうと荒い息をしている。

「見たけど、それ何？　まさかオカンが――」

「だあああああああああ!!　それ以上言わないでー!!」

『復讐へのプレリュード』というのはタイトルだったのか。吹き出しの中には鉛筆書きでセリフが書かれているが、丸っこくて今のオカンの字とは全然違う。女子高生っぽいノリがある。

　まさか。

　まさかと思うけど。

おそらく、いやこれは確実に、オカンが高校時代に描いたＢＬ漫画なのだ。オカンの俺たちに対する言動をいましめるために、黒歴史の証拠を握る優美おばさんが、切り札を渡したってわけか。

なるほど、確かにこれは爆弾だし、復讐へのプレリュード、でもある。

「オカンって、腐女子だったわけ？」

「腐女子じゃない！　だってそんな言葉、昔はなかったもん！」

いや、そこじゃないでしょ。

心の中でつっこみながら、まだ落ちていた一枚の原稿を手に取り、読み上げる。

「『おお、ドミートリィよ。

君をあいつに取られるくらいなら……

僕はいっそ……

いっそこの手で――』

『ああ、やめるのだオスカー。

君のその美しい手を汚すなかれ。

君になら、喜んでこの命をささげよう』

いや、ていうかこれ、どこの国？　しかもどんな設定？」

「やめてぇ!! わかった、雄哉くんと会ってもいい! でも絶対にエッチなしだからね! もしうちに連れてくる時は部屋のドアは開けとくこと!」

オカンはやっと全ページを拾い上げ、俺の手にあった最後の一枚を取り上げると、逃げるようにして二階へ行ってしまった。

俺は一人でリビングに残され、しばらくぽかんと突っ立っていた。少しして、腹の底から笑いが込み上げてくる。

「さすが優美おばさん。すげーわ」

ひとしきり涙が出るほど爆笑してから、俺は雄哉に会いたいとメッセージを送信した。


雄哉と久しぶりに会う約束を取り付け、その夜は幸せな気持ちでベッドに入った。

暗闇の中に、オカンの漫画のコマが浮かんでくる。

花が咲き乱れる背景。登場人物の瞳にまたたく星。くちづけを交わし合うドミートリィとオスカー。読ませてはくれなかったが、きっと激しくドラマチックなラブストーリーなんだろう。

だけど——

寝返りを打ちながら思う。

俺と雄哉が気持ちを伝え合ったエピソードだって、負けないくらい激しくドラマチックだ。

花火大会の日、勝手に帰ってしまった俺は、二週間後にサークルのバーベキューに誘われた。会えばよけいに辛くなるのに、苦しくなるのをわかっていたのに、声を聞いたら顔を見たくて仕方なくなった。

バーベキュー会場は渓流沿いの、水のきれいなところだった。ワイヤレスのスピーカーからガンガン流れる音楽を背景に、それぞれ踊ったり、川遊びをしたり、適当に肉や野菜を焼いて食べたりした。

美弥子さんはテンガロンハットをかぶり、片手に缶酎ハイ、片手にトングといういでたちで、豪快に飲みながら肉を焼いていた。つくづくカッコいい女性だと思った。その隣に、ごく自然に雄哉が寄り添っている。

俺は食べたり飲んだり会話したりしながら、どうにも二人を見ているのが苦しくなった。一人になりたくて、飲み物をクーラーボックスに取りに行く振りをして輪から離れ、林に入って行った。

入ったところから五分程度のところにあるベンチに座って頭を抱えていると、土を踏みしめる足音が聞こえた。顔を上げると、雄哉が立っていた。

「花火の時みたいに、またどっかに行っちゃうんじゃないかと思って」

そう言いながら、雄哉が隣に座った。

川遊びをした雄哉のTシャツは濡れていて、肌にはりついていた。たくましい胸板が透けて見える。俺は眼をそらした。

「どうしてこの間、急に帰ったの。心配したよ」

「――約束を思い出して」

「そう。カノジョとか?」

「カノジョなんていないです」

「そっか……そうなんだ」

「美弥子さんとは……長いんですか?」

「一年くらい」

「お似合いですね」

「……そうかな」

そのまま雄哉は黙り込んだ。川のせせらぎだけが穏やかに聞こえてくる。

「こんなことを言うと、二度と口をきいてもらえなくなるかもしれないけど」

おもむろに、雄哉が口を開いた。

「どうしようもなく、君に惹かれてる」

俺は驚いて雄哉を見た。

「ごめんな。警戒するよな、しかもこんな場所で。ああ、指一本触れないから、心配しないで。

自分でも戸惑ってるんだ。これまで特に女の子が苦手だったこともないし、男が好きだったわけでもない。だけど聖将くんに出会ってから、君のことが頭から離れないんだ」

俺が目を見開いたまま固まっているのを見て、雄哉は申し訳なさそうに頭を掻いた。

「こんなこと言うべきじゃないよな。だけど口に出さないと、もう爆発しそうで。それにいつも誰かがいるから、今じゃないと二度と言う機会がないと思った。まあ、酒の力も借りたんだけど。困らせて本当にごめ――」

「俺もです」

必死で答えていた。

「俺も、最初会った時から雄哉さんのこと――」

その先は、胸が詰まって言葉にならなかった。

「本当に？　嘘みたいだ」

「指一本……触れてもいいですよ」

雄哉は弾かれたように俺を見た。上気した目尻がほんのり赤くて、瞳が潤んでいる。俺もきっと、同じ表情をしているんだろうと思った。

それから雄哉は目を細めて、眩しそうに、そして照れたように微笑んだ。

「ありがとう、嬉しいよ。理性がぶっとびそうだ」

でも、と彼は続けた。

「やめておくよ。今は美弥子と付き合ってる。誰かと付き合ってる時は、絶対に裏切らないって決めてるんだ。単純な理由だよ。もしも自分がされたら悲しいから。だからしない。君に触れる時は、ちゃんと美弥子と別れてからだ。とはいっても――」

雄哉は、俺の耳元でそっと囁いた。

――その時は、指一本じゃすまないと思うけど。

出逢いから付き合うまでの一連のシーンを振り返ると、まるで少女漫画か恋愛映画のようだ。あんなに甘い台詞を自分が言ったなんて、言われたなんて。

思い出すたびこそばゆくて、今も枕を抱きしめて身もだえし、顔を赤らめてしまう。

だけど現実なんだ。

とろけそうなほどに、甘い、甘い、現実。

このままずっと。

ずっと、ずーっと。

雄哉と二人きりで、砂糖菓子のような時間に溺れていたい。

第3章　優美

――ばか！　ばか！　ばか！　ばか！　ばか!!

電話越しに怒鳴られて耳がキーンとなり、思わずスマートフォンを離した。

――ひどいじゃん、あんなものを聖将に渡すなんて!!　優美のばかばかばか!!　恥かいたわよ!!

人でなし、おたんこなす、冷血、あほ、鬼、最低人間、など、ありとあらゆる罵詈雑言《ばりぞうごん》が続く。ていうか、おたんこなすなんて本当に言う人、初めてなんだけど。とっくに死語じゃないの？

「だって莉緒が、二人が会うのさえ禁止したって聞いたから」

――わたしがいない間に、家に連れ込んでたのよ!?　誰もいない家に！

「でも元カノの……ええとルネちゃんだっけ、誰もいない時に遊びに来てたことあったでしょ？」

――そりゃ、あったけど……

「結局、相手が男だから気になってるんだよね。ねえ莉緒、昔の自分を思い出してごらんよ。性別関係なく、愛は愛だって言ってたじゃん。誰にもそれを止める権利はないって。それを思い出してほしくて、わたしはあの原稿を聖将くんに渡したんだよ？」

――あの頃のわたしとは違うの！　今は母親！　能天気に男同士の恋愛漫画を描いてはしゃいでた、お馬鹿な女子高生はもういないの！

「いやいや、今こそ、あの頃の能天気さを発揮する時じゃないの？　そうすれば聖将くんは幸せになれるんだよ？　あんたが反対しようが、もう二人は愛し合ってるんだからさあ、楽しんだ方が勝ちだって。聖将くんと雄哉くんって美形同士で、やばいくらいお似合いじゃない。昔のあんただったら、即行《そっこう》で漫画に――」

そこまで言って、ふと思い至った。

「っていうかさあ、莉緒……あんた、妄想してるんじゃない？　聖将くんと雄哉くんの二人で」

黙った。

やっぱり図星だ。わたしは吹き出しそうになるのをこらえる。

――しとるわ！　悪いか!!

大声が返ってきた。

「あっはは｜。やっぱね」

――だってしょうがないじゃない。鮮明、克明に、何をするかわかっちゃうんだもん。腐女子の悲しい性《さが》だよ。妄想なんてしたくないんだよ？　しようと思ってないんだよ？　だけど勝手に、自動的に、脳内で膨らんで、再生されちゃうんだもん！

「いっそ、マジで二人をモデルに漫画描いてみたらいいじゃん」

――描くわけないでしょ!!　自分がどうやって生まれてきたかを知った時より気まずいわ！

「そっか｜。もったいないなあ。こんなに身近に、美味しいネタが落ちてるのに」

――とにかく、二度とこんな真似しないでよね。わかった？

「〝わかった？〟って言いたいのはわたしの方だよ。二度と聖将くんに辛い思いをさせんじゃないよ」

――だ｜か｜ら｜！　優美には関係ないの！　うちの家族のことなんだから、放っといてよ！

「『銀幕のパラダイス』」

ひっ、と息を呑む音が、スマホ越しに聞こえた。

「『ラブラブ・クーデター』、『弾丸の花束を君に』、『失意のセレナーデ』、『純愛ベイビー』、『気まぐれロマンス』、『オリオンの十字架』、『誘惑のテンプテーション』……いやこの『誘惑のテンプテーション』って、おバカ丸出しなタイトルだよねー、どっちも誘惑っていう意味なのにさ。これを描いたのって高一の夏だっけ？　あの頃、うちら英語は赤点だったからね。あははー。でもLUNA SEAの英語の歌詞を理解したくて、二学期からはめっちゃ頑張ったじゃん。あ、そうそう、ちょうどその頃の作品もあるよ、『I am All Yours』。日本の男子高校生がニューヨークに留学して、金髪碧眼の美少年とラブラブになるストーリー。ほとんど英語の意欲作じゃん」

――優美、あんた、まさか……

「Of Course!　全部、ぜーんぶ、手元にあるに決まってるじゃん。オリジナルの生原稿。何かあったら、一作一作、聖将くんに渡すからね」

スピーカーが壊れるのではと思うほどの喚き声が聞こえたかと思うと、電話は切れた。わたしはフロアに転がって、大笑いする。ソファで丸まっていた雑種猫のスギゾーが、何事かとばかり飛び跳ねた。

あー、おかしい。

ＬＩＮＥの着信音が鳴る。今度は文字で反論か？とにやにやしながらスマートフォンを手に取ると、聖将くんからだった。

『キョーレツな援護射撃をありがとうございました。おかげで、デートの許可が出ました。あ、家に連れて来てもいいみたいです。ただし、部屋のドアは開けとけって（笑）』

吹き出しつつ、『お役に立ててよかった』と返信する。

『あれって、本当にオカンが描いたんですか？　けっこう本格的ですよね』

『正真正銘、浜家莉緒の作品だよ。当時はわりと人気だったんだから』

『人気⁇　誰にですか』

『同人誌、とまではいかないけど、ちゃんと印刷して学校の友達とかに売ったんだよ』

『マジっすか⁉』

『マジっす。ねえねえ、読んでみた？　参考になったんじゃなあ〜い？』

『いや……刺激が強すぎました。しかもそれを自分の母親が描いたと思うと……微妙っす』

顔を赤らめた顔文字。わたしはまた大笑いした。

当時、やっとボーイズラブという言葉が浸透し始めたばかりの頃、ＪＵＮＥという媒体があった。小説主体の雑誌と漫画主体の雑誌に分かれて刊行され、前者は小ＪＵＮＥ、後者は大ＪＵＮＥと呼ばれていた。大ＪＵＮＥでは漫画家の竹宮惠子先生が投稿作品にコメントをくださるという、今では考えられないような超豪華なコーナーがあり、莉緒はせっせと描いては送っていたのだ。

強者《つわもの》揃いの投稿コーナーでは芽が出なかったけれど、莉緒の漫画は女子校で回し読みするには充分なクオリティで、大人気だった。ちゃっかり者のわたくしメはオフセット印刷で冊子を作り、みんなに三百円で売った。下級生や上級生、果ては噂を聞きつけた他校の生徒からも買いたいと言われ、浜家莉緒の作品は累計で千冊を売り上げたのだ。わたしは経費を差し引いた金額から手数料として二割もらい、そのお金で色々なボーイズラブ小説を買い漁った。良い思い出だ。

「あー、懐かしいなあ」

わたしは絵を描けないけれど、枠をインクで引いたり、ベタを塗ったり、ホワイトで修正したり、スクリーントーンを貼るのを手伝った。

莉緒の漫画は、青春時代そのもの。オフセット印刷に出した後、原稿はそのまま大切に預かっていた。まさかこんな形で役に立つとは思わなかったけどね。

「楽しかったんだよ、スギゾー」

さっき飛び跳ねてから、また丸まって寝ようとしていたスギゾーを引き寄せる。シェルターから引き取ってきた保護猫。保護された時は全身にチューインガムを貼り付けられ、片目は潰されていた。当時まだ小学生だった敏行が「こいつを連れて帰る」と泣いた。引き取ってから五年経った今では、毛もハゲだらけで片目も見えないけれど、この家で幸せに暮らしている。そしてわたしの青春などに興味ナシとでも言いたげに、大きなあくびをした。

「あ、洗濯もの忘れてた」

起き上がり、洗面所へ洗い終わった洗濯物を取りに行く。今日は仕事が休みなので、シーツや枕カバーなど、たくさん洗った。

洗濯かごを抱えて庭に出ると、むうっとした空気がまとわりつく。日差しも強い。すぐに乾くだろう。

真夏の熱気。

二人の美しき青年は、太陽にあぶられるかのように、その身を恋に焦がす——なんちゃって。

誰にも言ったことはないが、わたしは作家になりたいと思っていた。

大ＪＵＮＥに漫画投稿コーナーがあったように、小ＪＵＮＥには作家の中島梓先生による「小説道場」という投稿コーナーがあった。そしてわたしは親友の莉緒にも内緒で、そのコーナーが終了してしまうまでせっせと投稿していたのだ。まったく箸にも棒にもかからなくて諦めたけど。

莉緒が描かないなら、わたしが雄哉くんと聖将くんをモデルに、ＢＬ小説を書いてやろうかしらん。

そんなことを考えながらくすくす笑っていると、サッシ窓が開いて「お母さん、ただいまー」とリビングから敏行が顔を出した。夏休みに入ってから、午前中だけ塾の夏期講習に行っている。

「おかえりー」

大きなシーツをもたもた広げていると、ふっと軽くなった。いつの間にか敏行が隣に立ち、シーツの片側を持ち上げ、物干し竿にかけてくれている。

「ありがと」

ふと顔を上げ、背が高くなっていることに驚く。身長百五十センチと小柄なわたしは敏行が小五の時に身長で抜かれたが、さらに見上げるくらいになっていた。そろそろ百七十センチに届くか。寂しいなあ。

敏行はそのままＴシャツやタオルなど、手際よく干してくれた。

「お腹すいたよね?」

「あー、うん」

「カレーでも作ろうか?」

「食べたい」

暑い暑いと言いながら二人で干し終わり、家へ入る。クーラーが心地よかった。

キッチンに立つと、ごく自然に敏行も隣に来て、わたしが指示しなくてもじゃがいもを洗い、皮むき器を表面に滑らせている。仕事と家事を両立させる苦労を身近で見てきたからだろう、いつの間にか自然に手を貸してくれるようになっていた。

じゃがいもをむいたら、食べやすい大きさに乱切りにする。上手くなったなあ、と感心しながら、わたしは玉ねぎを切り始めた。

離婚してシングルマザーになったのは十年前、敏行がまだ三歳の頃だった。

別れた夫は、給料が入ったら右から左で使い、休みの日は朝から晩まで競馬場で過ごすような男だった。わたしは体力の限界まで働いて、育児をし、炊事や洗濯をこなしているというのに、一切手伝わず、さっさと遊びに行ってしまう。おまけにわたしが文句を言うと、手をあげた。

前に医療事務員として勤めていた大学病院で、検査技師をしていた人だった。結婚前は優しかったし、仕事ぶりもまじめで、良い人だと思ったのに。

男女で愛し合って結婚しても、最後は憎み合って別れることだってある。添い遂げられ

ると は限らない。幸せになれる保証もない。それをわたしは身をもって知っている。

離婚したいと切り出すとグダグダ文句を垂れていたが、慰謝料も養育費もいらないと言うとあっさりと離婚届に判子を押して出て行った。この家は共有名義で購入したが、わたしが彼の所有分を買い取る形で話がついた。

自分から望んだ離婚だった。それでも悲しくて、悔しくて、不安で、毎日泣いてばかりいた。

「ママ、だいじょーぶ?」

ある日、敏行の小さな手がわたしの頬に触れた。

「うん、大丈夫だよ」

「でも、ないてるもん」

敏行は下唇を突き出し、今にも泣き出しそうだ。が、何かを思いついたのか、一転して顔を輝かせた。

「これ、かしてあげる」

ポケットから、まだ赤ちゃんぽさの残るぷっくりした手でソフトビニール製のスーパーヒーローを出してきた。

「つよいんだよ。ママのみかたになってくれる」

「わあ、ありがとう」

幼いなりに一生懸命わたしを慰めようとしてくれる姿に胸をつかれ、思わず抱きしめた。

「ありがとうねありがとうね。ママ、すごく元気が出たよ」

「ほんと？」

「本当だよ。スーパーヒーローが二人もついてるからね」

「ふたり？　いっこしかないよ」

「これと、敏行もだよ」

えへーぼくもヒーローなのぉ？と敏行はわたしの腕の中で、くすぐったそうに体をくねらせた。

敏行はわたしの味方でいてくれる。だからわたしも、何があっても敏行の味方でい続けるのだと、あの日に決めた。


カレーができあがり、食卓に向かい合って座る。煮込んでいる間に、敏行はちゃっちゃとりんごサラダまで作ってくれていた。良い子に育ってくれたものだ。

「いただきまーす」

まずりんごサラダをつまむ。マヨネーズがほどよく混ざっていて美味しい。

「この間のさあ」

カレーをすくいながら、不意に敏行が口を開いた。

「ん？」

わたしも今度はカレーライスを頬張る。

「キヨ兄ぃのこと」

「うん」

「ほら、ホモってやつ」

「ああ、うん」

「引いた。ないわーって思った」

「別にいいじゃん。本人が幸せだったら」

「そりゃあ、相手の人イケメンだったけどさあ、やっぱりキモい」

「あんたがキモいと思う感情を、わたしはコントロールできない。だけど聖将くんをディスったりしたら許さないからね」

「えー。でもキヨ兄ぃのこと好きだったのに、幻滅だよ」

「誰を愛そうと、あんたの大好きなキヨ兄ぃなんだよ」

猫のスギゾーが足元にまとわりついてくる。敏行はスプーンを置き、カリカリの餌を皿に盛り、水を替えてやった。

「お母さんだって、僕がホモだったらいやでしょう?」

手を洗って、またテーブルに戻ってくる。

「何言ってんの、全然いやじゃないよ」

「うっそだー」

「ほんとだって。わたしは敏行の味方だもん。むしろ、母親であるわたしが応援してあげないと」

「げえー。やめてくれ。万が一、僕が血迷って男が好きだとか言い出したら、全力で止めてよ」

「止めないわよ」

「止めてよー」

「っていうかさあ、ほとんど身内でキヨ兄ぃ大好きなあんたでさえそうなんだったら、他の人はもっと拒否反応示すんじゃないの?　うちらが味方になってやらないでどうすんのよ」

「だってキヨ兄ぃと風呂入ったことあるし。やっぱ、かなりヤダよ。だいたいさあ、莉緒おばさんは知ってんの?」

「当たり前でしょ」

「マジで？　なんて言ってた？」

「頑張って受け入れようとしてる」

「じゃあイネおじさんは？」

「うーん……イネちゃんは知らない」

「絶対認めてくれないよ」

「どうしてそう思うの？」

「元ヤンだもん。相手の男、ぶっ殺すんじゃない？」

そうなのだ。イネちゃんはいつもニコニコしているし、普通のおじさんなのだが、昔はバリバリのヤンキーだったらしい。

「でもイネちゃん優しいよ。ヤンキーってのは何十年も前なんだから」

莉緒の家で敏行がおもらしした時も、「気にすんなー」と床を拭いてくれたし、敏行が便器の中に帽子を落とした時も「わははーウンチがついちゃったなー。くせー」と笑いながら拾って、しかもきれいに洗ってくれた。

「いやー許さないよ。確実に怒る」

「許すも許さないも。聖将くんが人を好きになるのは、聖将くんの権利であり自由。許可をもらったりする筋合いはないいんだよ」

「そんなこと誰だってわかってるよ。だけど男と女でさえ、家やら親やら財産の問題やら色々あって一緒になれないなんてザラでしょ。男同士ならなおさらだよ。ままならないもんなんだから」

ＲＰＧの影響か、敏行は大人びた口調で言いながらカレーをたいらげると、シンクで皿を洗い始めた。


次の朝は早番の出勤で、六時に起きて七時前には家を出た。

電車を乗り継いで、職場の最寄駅で降りる。五分ほど歩くと、「松平アートクリニック」のスタイリッシュなビルが見えてくる。

裏口から入り、階段で地下の更衣室へ行く。パステルピンク色のシャツにズボンを身に着け、ナースシューズをはいた。

松平アートクリニックは、不妊治療を専門とした病院だ。評判がよく、全国各地から新幹線や飛行機を使って患者がやってくる。松平院長は年配の女性で、笑顔が柔らかく、しっかりと患者の話に耳を傾けてくれる。もちろん常に研究を欠かさず最先端の技術を取り入れ、いかに最短ルートで患者夫婦に赤ちゃんを抱かせてあげられるかを徹底的に追求する、熱心な医師だ。

わたしはメディカルアシスタントとして、医療行為以外の手伝いをしている。早番は八時から十六時、遅番は十三時から二十一時。医療廃棄物をまとめ、内診室の清掃をし、消耗品の補充や在庫管理、発注をするのが仕事だ。

今朝の持ち場を確認すると、メンズルーム担当だった。毎朝八時半から、卵巣から卵子を取り出す採卵手術は始まる。今朝もすでに十数名ほどの女性患者が来院し、手術着に着替え、点滴をし、待機していた。採卵手術と並行して行われるのが男性の精液採取で、その際に使用されるのがメンズルームなのだ。

わたしは順番が回ってきた男性患者を待合室まで呼びに行き、メンズルームに案内した。三畳くらいの個室に、二十六インチの液晶テレビ、ＤＶＤプレイヤー、ヘッドフォン、快適な一人がけソファ、そして壁のシェルフにはアダルトＤＶＤが、ざっと二十本は並んでいる。

人工授精や体外受精、顕微授精のために、男性はここで大真面目にアダルトビデオを鑑賞し、勃起させ、マスターベーションし、滅菌カップの中に精を放つという大役を果たす。

プレッシャーで勃起しない人も多い。そういう時は、バイアグラが処方される。手術によって卵巣から取り出された卵子の受精可能な時間は限られているので、なにがなんでも射精してもらわなくてはならないからだ。

時々、せっかく射精したのに滅菌カップを落として、床にぶちまけてしまう患者さんもいる。気の毒だが、もう一回マスターベーションしてもらわなくてはならない。「こんな短時間で、二回も無理です」と泣きそうになる人には、やはりバイアグラが処方される。

備品の在庫を確認して補充しているうちに、メンズルームのドアが開いた。小さなバッグを持って、重大ミッションを完了した男性患者が出てくる。

「お預かりしますね。待合室に戻ってお待ちください」

バッグを受け取り、精液調整ルームに届ける。精液を調整するのは、胚培養士と呼ばれる特別な訓練を受けた人だ。白衣、帽子、マスク姿の胚培養士はバッグから精液の入った容器を取り出し、シールラベルに記入された名前と日付け、禁欲期間を確認すると、調整ルームの奥へと消えていく。無事に受け渡しが終わったので、わたしはメンズルームに清掃をしに戻った。

アダルトDVDをひとつひとつ開けて、全てにディスクが入っており、またタイトルと一致しているかを確認すると、ケースをアルコールで拭き始めた。

以前は、観たDVDだけを拭けばいいように、机の上に置いたままにしてもらっていた。しかし「どのタイトルを観たかを知られたくない」という声が意見箱に入っていたので、それ以来、ＤＶＤは棚に戻してもらい、全てのケースを拭くという方針に変わった。

それから床をクイックルワイパーできれいにし、ソファやリモコン、ヘッドフォンを拭き上げていく。最後にテレビ台に取り掛かろうとし――ふと手を止めた。

見慣れないＤＶＤが置いてあった。手に取ってよく見ると、カバーでは裸の男性二人が抱き合っている。ゲイのアダルトものだ。クリニックの所有物ではなく、明らかに持ち込まれたディスク。さっきの患者さんしかいない。わたしは慌てて受付表を確認した。

塚田修さん、二十八歳。通院歴一年で、人工授精から体外受精にステップアップしたばかり。

そうだったのか。マスターベーションをするために、こういうビデオを必要とする患者さんもいるんだ。これまでも何度か持ち込んでいたのかもしれない。

わたしはＤＶＤを透けない紙袋に入れ、受付に忘れ物として預けようと、部屋を出た。

塚田さんが立っていた。

「あっ……あの、さっき、僕、忘れ物を――」

顔が真っ赤だった。

「こちらでしょうか」

わたしは何でもないように紙袋を渡す。塚田さんは中をちらりと見ると、そうです、と頷いた。

「あの……見ました、よね」

塚田さんが、ぎゅうっと胸に紙袋を抱きしめて、消え入りそうな声で言う。

「いいえ、別に」

わたしはあえて無表情で返す。クリニックでは、いつセックスしたか、何回したか、今月の生理がいつ始まったか、おりものの量はどれくらいか、性病にかかったことはあるか、など、赤裸々な情報が飛び交う。スタッフがそれらの情報を見聞きする時にいちいち反応したら、患者は居心地が悪くなる。あくまでもドライに、が鉄則だ。

けれども塚田さんは、ぽつぽつと語り始めた。

「妻には言えないけど……僕は本当は、ゲイなんです」

松平アートクリニックで治療を始めるには婚姻関係にあるのが条件なので、患者は百パーセントが夫婦だ。だから全員が異性愛者だという先入観があったが、その中にはゲイだということを隠して結婚している人もいるのだと、その時初めて思い至った。

「だから、ここに揃えてあるDVDじゃダメで……妻に内緒で、こっそり持ってきてたんです。いやあ大失態だな。うっかり忘れて、スタッフさんに見られちゃうなんて」

えへへ、とごまかすように笑いながらも、目尻に涙が浮かんでいる。きっと彼は今、この世から消えたいと思うほど、ダメージを受けている。

「軽蔑しますよね。妻がいるのに。騙してるって。だけど妻のことは人として心から好きで、尊敬してるんです。それに……やっぱり子供が欲しくて」

どこまで患者さんの事情に立ち入っていいかわからない。確かに何も知らない奥さんを思えば気の毒だし、大きな裏切りかもしれない。けれども、これだけは伝えておかなければと思った。

「ゲイであることを軽蔑なんてしません、絶対に」

「……ほんとですか？」

塚田さんの表情が、ほっとしたようにゆるんだ。

「ありがとうございます……ありがとうございます……」

塚田さんはボロボロ涙を流して、頭を下げた。

「僕、初めてですよ。はずみとはいえ、自分がゲイだって打ち明けられたの。自分のブログ以外では、今日まで誰にも話したことないです」

二十八年間の人生の中で、初めてカミングアウトできたのが家族でも友達でもなく、一介のメディカルアシスタントだとは。気の遠くなるような彼の孤独に、胸がしめつけられる。

「わたしでよかったら、話をお聞きしますが」

差し出がましいと思ったが、申し出てみた。不妊治療は高額だが必ず授かれるという保証はなく、流産を繰り返すなど精神的、肉体的な負担も大きいので、気持ちが不安定になる患者さんが少なくない。感情を吐き出すだけでも落ち着くケースが多いので、患者さんが悩んでいる時は、スタッフが話を聞いてあげてよい、と許可が出ていた。

塚田さんは涙で濡れた顔を上げると、小さく頷いた。

「少しお待ちくださいね」

わたしは他のスタッフにメンズルームの担当をお願いすると、治療説明に使われる個室に塚田さんを連れて行った。

「すみません。お忙しいのに。ええと……」ハンカチで顔を拭いながら席に着くと、塚田さんは向かいに座ったわたしの名札を確認した。「浅野さん。本当にありがとうございます」

「お話を聞くだけしかできませんが、それでよければいくらでも」

「充分です。正直、僕も話すだけでこんなに楽になるとは思いませんでした。嫌悪感を持たれちゃうと思うと怖くて、絶対にゲイだとバレないように生きてきましたから」

少し落ち着きを取り戻したのか、しっかりとした口調だ。

「でもまあ、周りが嫌悪感を持つのは当然ですよ。だって……僕だって持ってますから」

「え？」

「僕も大嫌いですよ、同性愛が。自分の中にそんなものがあるなんて、許せないです」

塚田さんが歪んだ笑みを浮かべる。

「だから自分を好きになったことなんてないです。むしろ大嫌いだ。消えてしまえばいいっていつも思ってます」

「塚田さん……」

「何度も死のうとしました。だけどやっぱり親のことを考えると死ねませんよ。だからね……僕は匿名になることにしたんです」

「匿名？」

「塚田修は異性愛者で普通に結婚して子供を持とうとしている社会適合者。同性愛者である自分に名前はなく、誰でもないんです」

一度きりの自分の人生という舞台で、主役ではなく匿名に徹するなんて。どんなにか悲しいだろう。

「浅野さんだって軽蔑こそしなくても、僕のこと気持ち悪いでしょう？　って、患者に面と向かって言えないか」

自虐的に笑う塚田さんに、わたしは真正面から答えた。

「いいえ、全然」

「またまた」

「本当ですよ。わたし腐女子なんで」

「腐女子って……ボーイズラブが好きな人でしたっけ」

「はい。だから気を遣ってるわけでもなんでもなく、本当に気にならないんです」

塚田さんはプッと吹き出すと、大笑いした。

「なるほどー。どうりで話しやすいと思った」

「BLと現実は違うって怒られるかもしれないですけど」

「いやいや、どんな形であれ理解してもらえるのはありがたいですよ。あーそっかー納得」

「それに最近、大親友の息子さんにカミングアウトされて、彼氏を紹介してもらったばかりだし」

「へえ、いくつですか」

「十七歳です」

「そっか……羨ましいなぁ。きっと浅野さんのことだから、すぐ受け入れてあげたんでしょうね」

「もちろん。それどころか、はしゃぎすぎちゃって、ちょっと反省してます」

「はしゃいだんですか?」

塚田さんが身を乗り出してくる。

「もしかして、まずかったでしょうか」

「いや、理想的な受け入れ方ですよ」

「本当ですか?」

「その子、喜んだと思います。だって普通カノジョができたっていうと、親って『どんな子?』とか『家に連れておいで』とかはしゃいでうるさいじゃないですか。そんな風に接してもらえたら、自分を嫌いにならないと思います。その子、これまで悩んでいた分、浅野さんのお陰で自己肯定感を高められたと思いますよ」

「よかった。塚田さんにそう言ってもらえると、間違ってなかったんだって安心できます」

「浅野さんの対応は百点満点ですよ。もちろん僕への対応もね。さてと」

塚田さんは腕時計に目をやると、名残惜しそうにゆっくり立ち上がった。

「そろそろ匿名から塚田に戻ります。妻も採卵が終わる頃でしょうし」

個室から出た途端、再び表情が陰り、もとの大人しそうな塚田さんに戻る。

「本当に……ありがとうございました」

ついさっきまで快活に笑っていたと思えないほどか細い声で言うと、ぎこちなく頭を下げ、待合室へと帰っていった。


聖将くんからメッセージが来たのは、次の日の昼下がりだった。仕事は休みで、家で掃除をしながらぼんやりと塚田さんについて考えていたら、スマートフォンが鳴った。

『優美おばさんのお陰で、今日はデートです！　これから映画を観ます！　んで、今日オヤジが出張だから、オカンが雄哉を夕飯に連れて来ていいって言ってくれました。嬉しいけど気まずいんで、優美おばさんも来てくれたら嬉しいな』

早速『必ず行く！』と返信を送り、クリニックから中元のおすそわけでもらったゼリーやらシャーベットを保冷バッグに詰め、玄関を出た。

特に暑い日で、杉山家へ到着したころには汗だくになっていた。インターフォンを鳴らすと、莉緒がバタバタと出てくる。

「ごめんね、来てくれてありがと」

「いいのいいの。また雄哉くんを招待したんだって？　成長したじゃない」

「ていうか、そもそも優美のせいじゃんか」

保冷バッグを受け取りながら、莉緒は鼻を鳴らした。

「わはは、どういたしまして」

リビングへ行くとクーラーがきいていた。

「あー天国〜」

伸びをしながら、ソファに身を投げる。あ、ラデュレのソルベだー美味しそー、と莉緒がキッチンで喜んでいた。

「イネちゃん、どこに出張なの？」

「京都だって」

「げー、猛暑だろうね」

リビングと廊下を隔てるドア越しに、玄関が開く音がした。

「あれ、もう帰ってきたのかな。映画観るって聞いてたんだけど」

莉緒が首をかしげているうちに、足音が近づいてくる。

「あー涼しい」

しかし汗を拭き拭き入ってきたのは、イネちゃんだった。思わず莉緒とわたしは顔を見合わせる。

「あれ……あなた、出張は？」

「先方の都合で延期になった。たるいからもう半休取って帰ってきたったわ。あー生き返る。お、優美ちゃん来てたん？」

ご機嫌でネクタイを緩めている。イネちゃんとは女子大時代に出会ったから、つきあいは二十年近い。

「さっとシャワーするわ。優美ちゃん、あとでビール飲もうな」

鼻歌を歌いながら、風呂場へ行った。すぐに水の音が聞こえてくる。

「やだ、帰ってくるなんて思わなかった。どうしよう」

莉緒が慌てている。

「ＬＩＮＥしといたら？　イネちゃんが帰ってきたからリスケしようって」

「うん、それしかないよね」

莉緒はカウンターに置いてあったスマホを取り、打ち込んでいる。聖将も雄哉もがっかりするだろうが、いきなり父親と出くわすのは気まずかろう。さすがのわたしも、たとえ友達としてであっても、イネちゃんに雄哉を紹介するのは時期尚早だという気がする。

イネちゃんはすぐにさっぱりした顔をして、部屋着で出てきた。昔からカラスの行水である。

「なーなー優美ちゃん、美味いビール見つけてん。しかもアルコール度数八パーやねんで」

首からタオルをかけ、足取りも軽やかに缶ビールを三つ持ってくる。髪も若干薄くなり、すっかりおじさんにはなったが、人がよさそうなところは昔から変わっていない。

「はい、かんぱーい」

三人でソファに座り、缶をぶつけあう。一口すすった。

「あ、ほんとだ。いけるわコレ」

「そうやろ？　最近はこればっかかたい」

相変わらず、いろんな方言がまじっている。関西出身だが、小二の頃まで父親の仕事の都合で福岡、広島、岡山などにも住んでいたらしい。いろんな方言がちゃんぽんになった独特な言葉を話すので、イネちゃん語、と莉緒とわたしは呼んでいた。

「せやせや、音楽かけよ。ええ酒にはええ音楽や」

イネちゃんは立ち上がり、キャビネットの上にあるＣＤプレイヤーに近づいた。

「イネちゃん、Alexaと音楽配信サービスを使えばいいのに。すごい便利だよ」

「いやじゃ。ＣＤコレクションが無駄になるけん」

言いながら、ずらりと並べられたＣＤケースを自慢げに撫でた。

イネちゃんはサイモン＆ガーファンクルやフランク・シナトラ、カーペンターズなど、自分が生まれた年くらいに流行ったポップスばかり聴いている。確かにあの頃は名曲が多いけれど、どうしてそこまで遡るのかわからない。

「でもいちいちＣＤを入れ替える手間もなくなるよ。声で操作できるし」

「いらんっちゅうに」

「英語の勉強にもなる。わたしAlexaを英語の設定にしてんの」

「英語は苦手じゃ」

「それに配信サービスは三か月で九十九円とか、キャンペーンもあるよ」

「もんげー、九十九円!?　そんなん関西人のハートをわしづかみやんか。ほんなら使おうかなあ。でもさぁAlexaって話しかけんの、ちょっと照れるわぁ。Alexaって女子やろ？どないしよ、莉緒ちゃんにヤキモチ妬かれたら……って妬くわけないやろー！」

イネちゃんが一人でツッコんで大爆笑してる。こういう馬鹿なノリも、二十年間ずっと変わらない。ちなみに「もんげー」というのは岡山の方言で「すごい」という意味らしい。

結局イネちゃんが選んだのは、トニー・オーランド&ドーンのアルバムだった。『幸せの黄色いリボン』の曲が流れてくる。

「またこれ？　ほんと好きだねえ」

莉緒も呆れたように笑っている。

「ロマンやんか。二人にはわからんの？」

イネちゃんは不満げに口をとがらせる。

この歌詞の主人公は、三年間の刑期を務めたのちに出所した男性だ。彼は出所前に妻に手紙を書き、まだ自分の帰りを待ってくれているのなら、家の前の樫の木に黄色いリボンを結んでおいてほしいと伝えていた。もしもリボンがなければ、そのままバスに乗って去る、とも。

しかしバスが家に近づくにつれ、男性は不安になってくる。リボンが結ばれているかどうか、自分で見る勇気がないのだ。そこでバスの運転手に、代わりに見てくれと頼む。するとバスの乗客全員が、歓声を上げた。果たしてリボンは結ばれていた。しかも一本や二本ではない。百本もの黄色いリボンが、男を待ちわびる妻の愛を告げていたのだった

——

「あーほんま泣けるわー」

酔いが回ると、必ずこの曲で涙ぐむ。このエピソードは口頭伝承を基にしており、ピート・ハミルというコラムニストによって広く紹介され、アメリカではテレビドラマになった。日本でも山田洋次監督によって「幸福の黄色いハンカチ」として映画化され、さらにそれがアメリカで「イエロー・ハンカチーフ」としてリメイクされたらしい。

イネちゃんは指でリズムを取りながら、口ずさむ。苦手だと言うわりに、英語の発音は悪くない。

曲が終わると、イネちゃんは「そうや！」とテレビのリモコンを手に取った。

「Alexaはないけどな、動画のサブスクを始めたんや」

テレビ画面に「イエロー・ハンカチーフ」と打ち込まれると、配給会社を知らせるオープニングに続いて映画が始まった。いかにも派手な〝ハリウッド〟映画でなく、美しい映像でていねいに心情を描写する作品だ。演技派のマリア・ベロとウィリアム・ハートが主演なのもよい。

こういう曲や映画に感情移入できてしまうイネちゃんは、やっぱり優しい人なんだな、と思う。

「イネちゃんはさあ……ゲイってどう思う？」

刑務所から出所した主人公が、若者と一緒に旅を始めるシーンに没頭していたイネちゃんは、きょとんとしてわたしを見た。

「なんなん、いきなり」

「訊いてみたかっただけ」

「どう思うって……人は人やし、誰にも迷惑かけるわけちゃうし、別にええんちゃう？」

「やっぱりそっか」

優しいイネちゃん。思った通りの答えにホッとする。

「もしかして敏行くんが……？」

「違う違う。友達に相談されたの。息子さんからカミングアウトされたって」

「あー、そういうことかあ」複雑な表情になった。「まあ、そりゃあ我が子やったら困るやろねえ」

「え……でも今、別にいいって――」

「いや、自分の子は別やろ」

横で聞いていた莉緒の表情がこわばった。

「きっとそのお友達やって、テレビに出てるニューハーフの人とかゲイの人のことは、普通に受け入れてると思うよ。でも我が子にはなってほしくないやろ」

「でも……」

「優美ちゃんだって、敏行くんがゲイやったらいややろ？」

「敏行にも訊かれたけど、いやじゃないよ全然。受け入れられる」

「え、そう？　うーん」

イネちゃんはアルコールで赤みのさした首筋を撫でた。

「じゃあさ、バツ三で二回り年上で五人の連れ子がいる女性を、敏行くんが結婚相手として連れてきたら？」

「……それはイヤ」

「そうやろ？　バツ三でも子供が五人でも、人格には関係ないよ。素晴らしい人かもしれん。だけど理屈抜きでイヤやろ？　そういうこっちゃ」

わたしは言葉に詰まる。セクシャリティの問題だから、それとは違うと思うのだけど、うまく説明できない。

「イエローリボンの歌かて、同じことや。美しいエピソードで感動的やし、曲を聴いている人たちは全員、この女性にリボンを結んで待っといてほしいって願うわな。だけど現実には、刑務所に服役しとった男やもん。親にしたら、前科もちっていう時点でアウト。空想やからこそ受け入れられる。一種のファンタジーちゃうかな」

わたしと莉緒は顔を見合わせ、黙り込んだ。

「あなたって意外とドライなのね」

莉緒が口を開く。

「ドライっていうか……普通やと思うけど。え、なんで僕、悪者みたいになってんの？」

イネちゃんが目をしばたたかせた。

「だって莉緒ちゃんやってイヤやろ？　もしも聖将がゲイなんて言ってきたら」

莉緒は少し考えてから、思い切ったように口を開いた。

「ううん、わたしだったら支える。ちゃんと受け入れるよ」

わたしは驚いて莉緒を見る。夫が息子に拒否反応を示しそうなのを察して、母親である自分だけはと腹をくくったのだろう。感動した。よく言ったよ、莉緒！

「へーえ、意外やな」

しかしイネちゃんはそんな莉緒の覚悟を知る由もなく、呑気にビールを飲み干してテレビに視線を戻した。

「でも、そういえば」

イネちゃんが再びわたしと莉緒を見る。

「うちの職場でもＬＧＢＴフレンドリーを前面に押し出すことになって、色んな制度を採り入れるんやって。とりあえずは総務扱いになって僕が担当するみたい。あ、莉緒ちゃんも優美ちゃんももう一本飲むよね？」

言いながらキッチンへ行き、冷蔵庫を開けた。イネちゃんは商社で総務をしている。

「多様性を認めるってことで、社員証に性別を記載しないオプションを選べたり、通称名を認めたりね。性自認によってトイレやロッカーを使ってもオーケーとか、同性パートナーシップ制度を導入するとか……あとレインボーカラーのバッヂやネクタイを無料で配布するんやって」

缶ビールを取ってソファに戻り、わたしと莉緒に一本ずつ渡した。

「時代よね」

莉緒がしみじみ言う。

「当然の権利やと僕は思うよ。もっと早く、こういう動きがあってしかるべきやった。こういう制度を、小中高大、それから一般企業、政府、しっかり採り入れるべきや」

プシュッと缶を開けて、ぐびぐび飲む。そんなイネちゃんを見ながら、わたしは訊いた。

「それでも……聖将くんがＬＧＢＴなのはイヤなんだ?」

「当たり前。それとこれとは別や」

この先しばらくはカミングアウトさせない方がいいな、とわたしは判断する。タイミングを間違えれば、聖将くんが塚田さんのように自己否定のスパイラルに入ってしまう恐れがある。慎重に進めるべきだ。

「あなた、でも……」

思いつめたように莉緒が続ける。

「いくら学校や企業がそういう制度を採り入れて認めてくれたって、家族に認められないのは辛いと思う。確かに他人だから、テレビに出ていて身近じゃないからこそ尊重できるっていうのはあるかもしれない。だけど本当は、家族こそ一番に寄り添ってあげるべきじゃないの？」

「まあ理想はそうやろうけど。うーん、どっちみち聖将は違うんやから、仮の話をしてもしゃあないやん。ルネちゃんみたいなエエ子と付きおうてるんやしな」

イネちゃんは幸せな父親の顔になり、テレビ画面に視線を戻す。

画面の中では、刑務所にいる主人公に妻が面会をしていた。


「ただいまー」

突然リビングの扉が開いた。振り向くと、聖将と雄哉が立っている。

「おお！　おかえりー」

すっかり酔っ払い、ソファに埋もれるようにして座っていたイネちゃんが体を起こすと、二人は面食らい、固まった。

わたしと莉緒も、固まっていた。まずい。これはまずいぞ。

「あれー、ど、ど、どうしたの？　ＬＩＮＥ見なかった？」

莉緒がソファから立ち上がる。

「あ、いや……見てない。映画館で切ったまま忘れてた」

聖将がうろたえている。雄哉が「じゃあ僕は失礼します。お邪魔しました」ときびすを返した。

「ちょっと待って。キヨのお友達？　よかったら一緒にどう？」

イネちゃんが立ち上がり、千鳥足で二人の前に行く。

「いえ、今日はこれで――」

「遠慮しないでええよ。どうせ酔っ払いやから」

「あなた、無理にお引き止めしちゃ――」

「もおー莉緒ちゃんまでー。イケズぅ～」

イネちゃんは強引に二人の腕を引っ張ってソファに座らせる。聖将と雄哉が、おろおろと顔を見合わせていた。

「同じ学校の子？」

「藤本雄哉と申します。S大の二年で――」

「S大かあ、もんげー優秀やなあ。それにボンボンやんか。あ、悪い意味ちゃうよ。リッチな子ぉばっかり行くイメージあるから」

「とんでもない。確かにそういう人は多いですが、うちは普通の家庭で、奨学金をもらってやっとですよ」

「え、奨学金もろてるの？　下世話を承知で訊いてもいい？　返済義務のあるやつ、ないやつ？　ごめんなこんなこと訊いて。関西人やから許して」

「返済不要のタイプです」

「ひゃー、君もんげーかしこいねんなあ。なかなかもらわれへんよ。いやーすごい、S大の二年生かぁ。あれ、じゃあもう成人？　はよ言うてよ。ビールビール」

イネちゃんが嬉しそうに、冷蔵庫から缶を出してきた。

「アルコール度数八パーやから！」

また自慢している。

「はーい、じゃあ改めて、かんぱーい」

いつの間にか缶酎ハイを握りしめ、イネちゃんは乾杯の音頭を取った。

「でも大学生のお友達って珍しいなあ。どういう知り合い？」

無邪気な質問。聖将も雄哉も、そして莉緒も顔面蒼白になっていた。さすがのわたしも、かなりドキドキしている。特にさっき、イネちゃんのゲイに対する意見を聞いてしまったばかりだ。

「音楽のSNSで……」

聖将の声が消え入りそうだ。

「へ？　音楽？」

「既存曲の感想を述べあったり、自作の曲をアップロードしたり、自由なネット上の場所です。聖将くんとはそこで知り合いました」

雄哉が緊張気味に、だけどしっかりと答えた。

「自作の曲？　じゃあ君、バンドとかやってるってこと？」

「そうです。といっても大学のサークル程度ですが。そのライブに、聖将くんが来てくれて――」

「そうかあ、そうやったんかあ。こんないい友達ができてよかったなあ、キヨ」

イネちゃんが、聖将の背中をばんと叩く。

「こいつ一人っ子やからね、わがままなところあるけど、寂しがりなんですわ。これからも仲良うしたってください。よろしくたのんます」

コーヒーテーブルに両手をついて、深々と頭を下げる。雄哉も「こちらこそよろしくお願いします」と慌てて倣った。

「あー‼　ちょっとちょっと‼　ここ観て！」

イネちゃんが急に大声を出し、テレビ画面を指さした。風にひるがえる何十枚もの黄色いハンカチの下で、主人公と妻が抱きしめ合うクライマックスのシーン。

イネちゃんはそれ以上言葉もなく、だらだらと涙を流し続けている。

「かーっ！　やっぱ最高やなぁ……」

ティッシュを箱からわしづかみにし、涙と鼻水を拭いた。

「君は知ってる？　この映画」

「いえ……」

雄哉は申し訳なさそうに首を横に振る。

「じゃあ『幸せの黄色いリボン』っていう曲は？」

イネちゃんがサビを歌うと、雄哉は「ああ」と頷き、一緒に歌い始めた。

「そうそう！　古い歌やのによう知ってんなあ」

「音楽はどんなジャンルも好きなので」

「それに、めっちゃええ声やん。バンドではボーカル？」

「いえ、メインはベースです」

「へえー、歌ったらええのに」

イネちゃんと雄哉は盛り上がっているが、周りはハラハラだ。

「ベースかあ。弾けたらカッコええよなあ」

イネちゃんはエアベースをつま弾き始める。

「だけど、別に上手じゃないですよ。明日ライブなのに全然仕上がってなくて、仲間に怒られてます」

「へー、明日ライブなんかあ」

すでに何本目かわからない缶酎ハイをあけ、イネちゃんが旨そうにすする。

「行きたいなぁ」

耳を疑った。

イネちゃん以外、みんな一斉に顔を見合わせる。明らかに引きつっていた。

「あなたったら。お邪魔よ」

莉緒が上ずった声でたしなめる。

「そうだよオヤジ。ライブハウスなんて、おっさんは浮くだけだから」

「気にしない気にしない。息子と一緒にライブハウス行くって憧れるやんか。しかも息子の友達のライブ。カッコよかばい！」

がっはっは、と赤ら顔で豪快に笑う。

「いや、さすがにオヤジとライブってのは、恥ずい」

「そうよイネちゃん、若者には若者の世界があんの。まったくもう、酔っちゃってやあねえ。しっかりしなよ」

わたしも焦って、イネちゃんの肩を大きくゆすった。

「いや、行く！　行くったら行くぞー！」

イネちゃんは立ち上がり、高らかに宣言した。

どうやら本気で行くらしい。

酔っぱらったイネちゃんは、わたしたちの戸惑いに気づく様子もなく、また幸せのイエローリボンの歌を口ずさんでいる。

雄哉くんとイネちゃんが親しくなることが、吉とでるのか凶とでるのか想像もつかない。

――どうかどうか、吉となりますように。

この若い二人には匿名の人生なんて送らせたくない。わたしは珍しく真剣に、心の底から何度も祈った。

第4章　稲男

よくよく考えてみれば、ライブハウスなんて生まれて初めてだった。

コンサートにも行ったことがない。子供の頃、デパートの屋上に来た駆け出しのアイドルを、歩くパンダの乗り物にまたがりながら見た程度。

なぜかというと、好きなのは昔のバンドばかりだからだ。サイモン&ガーファンクルだってビーチ・ボーイズだって、そして一番好きなトニー・オーランド&ドーンだって、リアルタイムではない。

だから今日はワクワクしていた。しかも土曜日に、久しぶりに家族そろっての外出である。

エレベーターでビルの最上階へ上がり、降りるとすぐに受付のカウンターがあった。壁一面にはバンドのポスターやライブのチラシが貼ってある。ああ、なんかいいなあ、こういうの。

「ライブハウスって、ビルの上にあるんやなあ」

はしゃいでいると、聖将が「そうとは限らないでしょ。この前のところは地下だったし、色々じゃないの」と生意気なことを言った。

今夜は聖将の友達のライブだった。受付で招待チケットとドリンク券を受け取って中へ入る。薄暗い会場には椅子やテーブルが置いてあった。

「へえー、ライブハウスってスタンディングちゃうん？」

ちょっと知ったかぶってみる。

「サークルのライブだし、適当にまったり観るみたいだよ」

また聖将が説明してくれて、「ドリンク引き換えてくる。何がいい？」と訊いた。

「ええと、僕はハイボールにしよかな」

「じゃあわたしも」

莉緒ちゃんが言うと、聖将がバーカウンターへ向かった。その間に、遠慮のかたまりなのか、あいているステージ正面のテーブルに移動する。

見回すと周囲はみんなサークル仲間のようで、中年は僕と莉緒ちゃんだけだった。だけど、と心の中で思う。莉緒ちゃんは、ここにいる女子大生にも全然負けてへん。一番、きれいや。

「何でにやにやしてんの?」

器用に三つのプラスチックカップを持って、聖将が戻ってきた。

「いや、家族で出かけんの久しぶりやと思ってさ」

「もう高二だもん」

聖将が笑う。その顔が、隣でにこにこしながらハイボールをすする莉緒ちゃんとそっくりだった。

莉緒ちゃんに似てくれたおかげで、息子は男前だ。僕は髪もちょっと薄くなりかけてて、すっかりメタボだ。顔も丸顔で、目も円らで小さい。「息子です」と紹介するとびっくりされる。そしてそれが、すごく嬉しい。ふふふ、そうでしょ、うちの子イケメンでしょ?と自慢したくなる。

莉緒ちゃんはビジュアル系バンドが好きなので、ライブやコンサートにはよく行っていたらしい。だからなのか、髪をかき上げながらステージに目をやる姿が、心なしかサマになっている。

一番好きなバンドはLUNA SEAで、そのボーカルのRYUICHIがお気に入りらしい。僕とは似ても似つかない、女性のようにきれいな顔をした男性だ。正直、どうして莉緒ちゃんみたいな可愛い人が僕なんかを選んでくれたんだろうと、いまだに理解できない。

そういえば、と他のテーブルを見ながら思い出す。初めて出会ったのは莉緒ちゃんが女子大生だった時だから、ちょうどこの子たちくらいだったんだなぁ。

莉緒ちゃんは、僕が勤めている商社がかつて経営していたカルチャースクールの、英語講座の生徒だった。僕はやはり総務部から出向していたので、生徒とは受講費の受け取りや振り替え授業の調整をする時に顔を合わせる程度だった。

ほとんど接点のなかった莉緒ちゃんと飲みに行く巡り合わせになったのは、つくづく運命としか思えない。きっかけは、スクールの漫才講座が主催したお笑いライブだった。小さな会場を借りて十組程度が出演するというので、スクールで無料券を配った。莉緒ちゃんは、そのライブに来てくれたのだ。

僕は受付に駆り出されていて忙しく働いていたのだが、莉緒ちゃんが「ああ、総務の人」と笑いかけてくれた。前々から浜家さんって可愛いなあと思っていたので、覚えてくれていたことに舞い上がってしまった。

ライブ終了後、片付けも済んで一杯ひっかけて帰ろうと飲み屋街を歩いていると、若い女の子二人がチャラそうな男に絡まれていた。

「おい、やめたれや」

つい元ヤンの血が騒ぎ、肩を摑んでぐいっと引き離す。

「あ？　なんだオッサン、うぜー」

「いやがっとるやんけ」

「関係ねーだろ」

僕はぐっと腕をねじりあげ、ぎろりとメンチを切る——標準語で睨む——と、思い切り声にドスをきかせて言った。

「しばいたろかぃ」

兄ちゃんの顔色がサッと変わり、「すいませんでした」と逃げていく。

「ありがとうござ——あ、総務の人」

なんと女の子たちは莉緒ちゃんと、その高校時代からの親友、優美ちゃんだった。どうしてもお礼をしたいと言ってくれ、三人で居酒屋に入る流れになった。

「助かりました。すごい質《たち》が悪くて、怖かったんです」

乾杯した後、優美ちゃんが小さく頭を下げた。

「いえいえ、あれくらい」

「杉山さんっておっしゃるんですね。すみません、お名前知らなくて」

莉緒ちゃんが謝る。

「とんでもない。今日は来てくれてありがとうございました。お友達まで連れて来てくれたんですね。お陰様でガラガラにならずに済みました」

「いえいえ、漫才は結構好きなんで」

お笑いがとっかかりとなり、意外に話は弾んだ。

「それにしても浜家さんがお笑いを好きなんて意外ですね」

「そうですか？　好きでよく見ますよ。テレビでもライブでも」

「へえ、ほんまですかぁ」

僕が頷いていると、優美ちゃんが、

「杉山さんて関西ご出身ですよね？」

と訊いた。

「いやー、標準語しゃべってるつもりやったんですけど、やっぱりバレますかあ」

「そりゃあわかりますよ」

莉緒ちゃんがくすっと笑う。

「色んなとこ住んでたんですけど、一応出身は尼崎ってところで――」

二人がきゃーっと笑って手を叩いた。

「尼崎！　知ってます！　ダウンタウンの出身地でしょう?」

その当時、最も勢いのあった漫才コンビの名前を挙げた。確かにあの二人の台頭によって、尼崎は関東でも知名度が上がっていた。

「ダウンタウン、面白いですよね。大好きなんです」

「わたしも！　ダウンタウンの漫才って、すごく新しいじゃないですか」

二人してきゃっきゃ笑っている。それからは僕が関西弁で話すたび、大うけだった。意識しているわけじゃないのに、どうしてもオチがついてしまう。

「あー可笑しい。大阪の人って普通にしゃべっても面白いっていうけど、本当ですね」

笑いすぎて目尻に浮かんだ涙を、優美ちゃんが拭う。

「大阪の人と結婚すれば、毎日楽しいかもね」

莉緒ちゃんがそんなことを言ったので、関係ないのに僕はドキッとした。

「やっぱり大阪弁がいいのよ、聞いてるだけで元気になるもん。大阪、行ってみようかなあ。ダウンタウンのルーツを探る旅！」

二人の会話は微笑ましかったが、ひとつ重大な誤解が含まれていた。僕はおもむろに口を開き、これまで何十回と関東の人に繰り返してきた事実を述べる。

「あのね、二人ともなにか勘違いしてるけど……ダウンタウンは大阪人じゃないよ?」

「あははウケるー。あんなコテコテの大阪人いないじゃん! あー、杉山さんってやっぱ面白い」

酔っぱらっているからか、優美ちゃんはゲラゲラ笑った。

そうなんや。ここが、関西人以外には誤解されているところ。

「尼崎は……大阪じゃないよ」

「え?」

莉緒ちゃんも僕を見る。

「尼崎は……兵庫県だ」

優美ちゃんと莉緒ちゃんはしばらく固まった後、「えええええええええ!」と同時に叫んだ。

「うそーうそー! 尼崎って兵庫県なの!? やだーイメージちがーう」

そう。その辺りを、みんなごっちゃにしている。いや、もしかしたら兵庫県民と大阪府民以外は、誰も知らないのかもしれない。同じ関西圏である奈良県民や京都府民でさえ、尼崎in大阪と思っている可能性もある。

「じゃあダウンタウンは兵庫県民ってことぉ? 信じられなーい。大阪人じゃないんだぁ」

酎ハイを片手に大笑いしている莉緒ちゃん。

やっぱり可愛いなあ、と酔っぱらった頭で思った。

その飲み会の数日後、スクールで会った時に、思い切って食事に誘ってみた。莉緒ちゃんは笑顔でオーケーしてくれて、食事中は僕が話すたびに笑い転げていた。

それから数か月後、付き合うようになった。元ヤンだったおかげか。はたまた関西弁のおかげか。いや、どちらもだったのかもしれない。


ライブが始まって、思い出から引き戻された。あまりの轟音に、耳が吹っ飛びそうになった。咄嗟に人差し指をつっこむが、莉緒ちゃんと聖将は涼しい顔で聴いている。僕はポケットティッシュを取り出して千切って丸めて両耳に押しこんだが、それでも役に立たないほどの大音量だった。

ステージで髪を逆立てた女性が飛んだり跳ねたりしている。こういうの、ヘヴィメタルっていうんかな。クラクラしているうちに最初のバンドが終わった。

「オヤジ、大丈夫かよ」

「もう、だからライブなんて行くのよそうって言ったのに」

聖将と莉緒ちゃんが苦笑している。

「いやーびっくりした。でも大丈夫や。次が雄哉くんのバンドやろ？　余裕余裕」

そんな話をしていると、雄哉のバンドがステージに上がって来て、セッティングを始める。ベースのチューニングをしている時に僕らに気づき、はにかんで頭を下げた。

ドラムのカウントで、曲が始まった。やっぱりかなりうるさい音楽で、また耳栓をしたかったが我慢する。莉緒ちゃんは楽しそうに、リズムに乗せて体をゆすっていた。そういえばLUNA SEAっぽいかもしれない。

莉緒ちゃんとはお笑いの趣味や食べ物の嗜好は合うけれど、唯一、音楽の趣味だけが合わなかった。僕はものすごく昔のポップスが好きで、おじさんっぽいと莉緒ちゃんや聖将に笑われる。まぁ本当におじさんだからいいんだけど。そして聖将は莉緒ちゃんの音楽の趣味を受け継いでいる。

聖将は魅入られたように、じっとステージを凝視していた。時々、ベースを弾く雄哉と目を合わせ、微笑み合っている。年齢は違っても仲がいいんだな、と思った。

サークルのライブだからか出演時間は短く、五曲で終わった。それでも耳がじんじんし、目がチカチカし、頭もガンガンしている。

「オヤジ、帰ろう。雄哉のバンド終わったし」

我慢していたのがバレていたのか、聖将が言った。

「ええよ、最後まで観る」

「あと六組だぜ？」

「でも客が減ってたら寂しいやろ？　うちら正面の席やし」

そう言うと莉緒ちゃんが、

「そういうところ、昔からあなたは本当に優しいよね」

と微笑んでくれた。

残り六組をなんとか耐えて、拍手して、やっと立ち上がる。

あー、早く家に帰って『幸せの黄色いリボン』を聴いて癒されたい。

切実に思いながら出口に向かっていると、椅子を片付けているショートカットの女の子が目に入った。

うわあ、えらいべっぴんさんやな。

こぶしくらい小さな顔に、目鼻口が完璧な位置に収まっている。背も高くて足が長く、思わず見とれていると、彼女がこちらを向いて「あら」と笑いかけてくる。ドキッとした。

「聖将くんじゃない。来てくれてたのね」

ほえー、こんなべっぴんさんと知り合いか。

「美弥子さんは出なかったんですね」

「うん、今日は裏方」

親し気に会話している。我が息子ながら隅に置けない。

「あら、もしかしてご両親？　はじめまして、竹中美弥子です」

モデルのようにあか抜けた風貌に似合わず、丁寧にお辞儀をする。きっちりしたいいお嬢さんだ。莉緒ちゃんと僕も「息子がお世話になっております」と頭を下げる。

「また是非いらしてくださいね。わたし、片付けがありますのでここで失礼します。お気をつけて」

彼女は華やかに微笑むと去っていった。「タレントさんみたいねえ」と莉緒ちゃんが僕に耳打ちしていた時、雄哉がやってきた。

「お忙しいところ、今日はわざわざご足労いただき、ありがとうございました」

「いやいや、なかなか楽しかったよ。こちらこそありがとう。学生さんは活気があってええね。若返った気分や」

「うるさいだけじゃなかったですか?」

「オヤジさあ、雄哉以外のバンドはずっと耳ふさいでた」

「おいおい」

笑っているうちに、ふと思いついた。

「これから何か食べに行こうと思ってるんだけど、君も一緒にどう？　ご招待のお礼」

莉緒と聖将が、戸惑ったように顔を見合わせる。え、なにかまずかった？と思った時、雄哉が言った。

「いえ、せっかくですが――」

「あ、そうか。仲間と打ち上げやんね。ごめんごめん」

「いいえ、祖母の世話をしなくてはならないんです」

「君が？」

「高齢で寝たきりなんで」

「え！　おうちで看てはるの？」

「ヘルパーさんに来てもらいつつ、父と交代で。今日は僕の番なんです」

「雄哉はメシ作ったり、体拭いたり、なんでもしてあげてるんだぜ」

なぜだか聖将が誇らしげに口をはさんだ。

「えらいなあ。なかなかできることやないよ。特に君みたいな若い子ぉには」

お世辞でなく、心からの言葉だった。今時、こんなにしっかりした若者がいるのか。奨学金をもらいながら大学に通い、寝たきりの祖母の世話をする。けれどもバンド活動などちゃんと青春もしていて、悲愴さを感じさせない。

ほんまええ子やなあ、この子。

ついほろりとしてしまう。ちゃらちゃらした大学生が多い中で、こんな若者がいるなら日本も捨てたものじゃない。

「またうちに遊びに来なさい。しっかりごちそうするから」

そう言うと、予想以上の笑顔が返ってきた。

「本当ですか!?」

「君なら大歓迎や。なあ、莉緒ちゃん?」

「……そうね、あなたがいいなら」

「オヤジ、ありがとう」

聖将が嬉しそうに目を潤ませる。

「いつでもええからね。遠慮せんと来てな」

そのタイミングでちょうどエレベーターが来たので乗り込んだ。ドアが閉まるまで、雄哉はずっと頭を下げていた。

ほんまに最近では珍しいくらいええ子やなあ、やっぱり苦労してるからやなあ、と胸が詰まった。

月曜の朝になっても、まだ耳鳴りがしていた。

こりゃかなわんなと辟易しながら出勤し、デスクについてからも気になって耳をいじっていたら「どうしたんですか？」と隣の席の女性社員に訊かれた。

「いや、週末ライブに行ったら耳がさ……」

「え、ライブー!?　部長、わかーい」

「そ、そう？」

ちょっと嬉しくなる。

「誰のライブですか？」

別の社員も身を乗り出してきた。

「いや、プロじゃなくて息子の友達のバンドなんやけど、誘ってもらったから家族で観てきてん。ようわからんけどハードロックっていうのかなあ、結構よかったよ」

「へえー、そういうのに家族で行けちゃうって素敵ですね」

えへへ、そやろ？

ご機嫌で仕事のメールを確認していると、内線電話が鳴った。

――お客様がお見えです。

そうだった。今日は朝イチから打ち合わせなのだ。僕は慌てて書類をまとめ、会議室へ向かう。

待っていたのは、スタイリッシュなスーツ姿の川添さん。さわやかで垢抜けていて、関西弁でいうところの、しゅっとした人だ。今日で会うのは二回目だがアイデアも豊富で、頼りになる。

向かいの席につき、早速打ち合わせに入った。川添さんは「オープンLGBT」というNPOの代表で、これからLGBTフレンドリーな会社にしていくにあたってアドバイザーをしてもらっている。

「御社の場合はもともと各階にユニバーサルトイレがありますので、そちらにジェンダー・ニュートラルのステッカーを貼っていただき、御社HPや社内報で周知していただければよいと思います。更衣室は三階の男性用が一番広いようですので、そちらをジェンダー・ニュートラル用に転用して――」

すぐに採り入れられるアイデアをまとめてきてもらっていた。僕はふむふむと頷きながら、ステッカーくらいなら打ち合わせのあとに自分で作り、早速貼り付けられそうだと算段する。

「それから講習でお話しする概要です。お目通しいただけますか？」

川添さんがパワーポイントの資料をこちら側に寄せてきた。「LGBTとは」という基本的な解説から、マナーや各自でできる取り組みなど、わかりやすい内容になっている。

「ええと、ＳＯＧＩとかＦｔＭ、ＭｔＦにも触れていただいた方がええかと思うんですが」

そう言うと、川添さんの顔がパッと輝いた。

「すごい！　先日お渡しした資料に目を通していただいたんですね」

採用していくにあたり、自分が無知では済まされない。初回の打ち合わせで参考として渡された書籍や記事のコピーには、全て目を通していた。それにはＳＯＧＩ（Sexual Orientation, Gender Identity　性的指向・性自認）や、ＬＧＢＴのＴ（トランスジェンダー）の細分ＦｔＭ（Female to Male　生物学的な性は女性で性自認が男性の人。女性から男性へ性別移行した人、またはしたいと望む人）やＭｔＦ（Male to Female　生物学的な性は男性で性自認が女性の人。男性から女性へ性別移行した人、またはしたいと望む人）などが説明されていた。ちなみに川添さん自身はＦｔＭなのだそうだ。

「いや、責任者ですから当たり前ですやん」

思いがけず感激してもらったのが照れくさくて、片手を顔の前で振る。

「とんでもない。色々な企業さまを回りますが、与えられた任務だから渋々やっているという態度で、熱意のない方も多いんです。参考資料なんて読んでくださらないし、全てこちらに丸投げで。当方としては責任者の方にもこの活動を通じて理解を深めてもらいたいという願いがあるのに、なかなかうまくいかなくて、正直、心が折れかけていたところです。ですので、余計に感激なんです！」

「え、そんな、当然のことですよ」

照れながらも、それが本音だった。

「だって生まれた時からのその人のアイデンティティなのに、そのせいで異性愛者が受けている恩恵を受けられないっておかしいですやん。平等ちゃいますやん。同じくらい幸せになる権利があるのに。それに、性とかセクシャリティって、一生ついてまわる。じゃあその人は一生幸せになれないの？　おかしいでしょ」

「そんな風におっしゃっていただけて、本当に心強いです」リップサービスでなく、川添さんは心から喜んでくれているようだ。「アライですね！」

え？　新井？　荒井？

「いや、僕は杉山ですけど……」

名前を忘れられたのかなと軽くショックを受けつつ訂正すると、川添さんが大笑いした。

「あははは、あー面白い！　さすが大阪の方ですね！」

大阪ちゃうのに兵庫県民やのにとぶつぶつ言いながらデスクに戻り、改めて資料を読むと、アライとはＬＧＢＴを理解し支援しようとする人々を指すらしい。小さな文字でさらっと書いてあったので読み過ごしていた。

川添さんは僕がよく資料を読んでいたからアライという言葉もわかっていて、その上でボケたと思ったのだろう。ボケても突っ込んでもいないのに、関西弁というだけでそう聞こえるのか、意図していないところで爆笑されることが多い。まあ、得なのかもしれないが。

結局、川添さんにはセミナーを二回お願いすることにして、二回目でＳＯＧＩやＦｔＭ、ＭｔＦなどについて詳しく語ってもらう段取りにした。

大会議室の空き状況を確認して何枠か仮押さえしたら、次はステッカーづくりだ。フリー素材でレインボーカラーを使ったわかりやすい図柄を探し、一階から五階のトイレ、更衣室用、そして予備を含め十枚を専用紙にプリントアウトした。

プリントアウトが完了するのを待つ間、ふとフロアを見回す。このフロアには総務、経理、購買が入っていて、ざっと百五十名。他のフロアを合わせると千二百人弱の、生活雑貨やインテリア家具などを主に扱う中堅商社だ。

川添さんの資料によると日本でのＬＧＢＴの割合は、左利きの人や血液型ＡＢ型の人と同じくらいで、約九〜十パーセントであるらしい。となるとこのフロアにも十三人から十五人、会社全体となると百人以上いてもおかしくない。

備品室から梯子を取り、ユニバーサルトイレの出入り口の壁にステッカーを貼っていると、「ああ、これですね」と声をかけられた。下を見ると、五十代くらいの女性が立っている。首から下げられた社員証には国際部第1課とあった。花形の部署だ。

「社内メールで見ましたよ。うちでも取り組みを始めるって。さっそくですか」

彼女は休憩に行く途中なのか、手に電子タバコを持っている。彼女は僕の名札を見ると、「ああ」と声をあげた。

「あなたが責任者の杉山さんですね。いずれは同性パートナーシップ制度も採り入れるとか」

「その通りです。まあ一気にとはいかないんで段階的ですが、なるべく早くと思って活動してます」

梯子から降りながら言うと、彼女はふっと目を伏せ、電子タバコを両手でもてあそび始めた。

「杉山さんは、ずいぶん熱心なんですね」

「熱心ていうか……もともとこうあるべきという状態に近づけたいだけで」

「なるほど」

彼女は少し逡巡するように目を伏せ、それから小声で早口に言った。

「わたし……当事者なんですよね」

「はい？」

声が小さすぎて訊き返す。

「ＬＧＢＴのうちの、どれかって意味です」

「ああ、そうでしたか！」

これまで漠然と顔の見えない社員を相手に対策を練っているようで、手ごたえを感じなかった。初めて顔の見える相手が現れ、俄然やる気が出る。

「セミナーもやるんです。さっき仮で来月二十日の十三時に五階の大会議室を押さえたところです。よかったらご出席ください」

彼女は笑いながら首を横に振った。

「それはちょっと」

「あ……お忙しいですよね、すんません」

「忙しいからじゃなくて……わたしがストレートだったら張り切って参加してたかもしれないけど」

「え？」

「セミナーに参加して、セクシャル・マイノリティなんじゃないかって少しでも思われるのがいやなんです。わたしは結婚もしてないから、ああやっぱりそうだったんだね、みたいな」

「で、でもたくさんの方が参加されるんで、特に誰がどうとか――」

「多分なんですけど……きっと参加されるのは、ストレートな方が大半じゃないかな。当事者たちは、なんだか自分たちがさらされるみたいで行きづらいし、それに参加することが意図しないカミングアウトになるのが怖いと思います」

そんな風に考えもしなかった。良いことばかりだと思っていた。愕然としていると、彼女は慌てたように付け加えた。

「すみません、取り組み自体はもちろん素晴らしいと思います。杉山さんが熱心なのもすごく伝わってきます。でも……違っていたらごめんなさい、杉山さんは異性愛者ですよね？」

彼女は僕の左手薬指の結婚指輪に目をやる。

「ご結婚されていて、きっとお子さんもいらっしゃる。安全圏にいらっしゃるからこそ熱心にご活動できるんだと思います。もしも杉山さんご自身やご家族がゲイだったら、こんなに表立って積極的に活動できないと思いますよ」

最後に頭をぴょこりと下げて、彼女は足早に立ち去った。
その後ろ姿を見ながら、僕はかつての大親友を思い浮かべる。

尼崎で通っていた小学校には、金持ちの子や貧しい子、勉強の好きな子嫌いな子、色んな宗教を信じる家の子、色んな国籍の子がいたけれど、みんなわやくちゃになって仲良く遊んでいた。

その中に、ヨッシーこと義也という人気者がいた。ケンカが強くてギャグのセンスが抜群で、足は速いし野球でもサッカーでも器用にこなす。ドッジボールをする時は、誰もがヨッシーのチームメイトになりたがった。

ほとんど全員が同じ中学にあがり、ヨッシーはやっぱり人気者だった。僕は中三の時に当時流行っていた「BE《ビー》－BOP《バップ》－HIGH《ハイ》SCHOOL《スクール》」や「ろくでなしBLUES」に憧れてヤンキーになったけれど、それでもヨッシーはずっと友達でいてくれた。

高校でみんなばらばらになり、ヨッシーは県内でも有数の進学校に進んだ。その時に初めて意識したが、ヨッシーの父親は弁護士で、ヨッシー自身もめちゃくちゃ賢かったのだ。僕はヤンキーの多い高校へ行って金髪をリーゼントにし、短ランにボンタン姿でやっぱりアホなことばかりやっていた。学校は離れたけど家は近所なので、時々ヨッシーとはつるんで遊んでいた。

ある大雨の夜、ヨッシーが突然うちに来た。ずぶ濡れだった。

「おお、ヨッシーやんけ。どないしてん。入れ入れ」

うちのオトンがヨッシーを迎え入れた。鼻タレの頃からうちに出入りしていたヨッシーは、我が子も同然だ。オカンが熱い風呂を沸かし、夕飯も出してくれた。そのあとは僕の部屋でストリートファイターⅡで対戦した。ヨッシーがガイル、僕はケンだった。

「俺なあ」

サマーソルトキックをかましながら、ヨッシーが口を開いた。

「ホモかもしれんわ」

僕は昇龍拳で応戦しながら、「へ?」と間抜けな声を出した。

「あ、くそ負けた」

ヨッシーがコントローラーを放り出す。そしてもう一度、「ようわからんねんけど、ホモちゃうかと思う」と言いながら、畳の上に寝転がった。

「ほんまか。きしょいな。襲うなよ」

今思えばものすごく残酷なツッコミだった。だけどあの時の僕は、どう答えていいかわからなかったのだ——だからといって許されていいわけじゃないけど。

「襲うかボケ。俺にも選ぶ権利があるんじゃ」ヨッシーは笑い、「あーほんまきしょい。きしょいきしょい、自分がきしょい」と身震いした。

「自分でもきしょいんか？」

「おお。きしょくて嫌になる。春麗《チュンリー》よりガイルがええんやぞ。変態やんけ」

この時まで、ヨッシーにからかわれているのかもしれないと心のどこかで思っていた。冗談を言ってはみんなを笑わせるのが好きな男だったから。けれどもこの言葉にはなんだか実感がこもっていて、ヨッシーが真剣に悩んでいるのだと伝わってきた。

「イネはええよな。ホモちゃうくて」

弁護士の息子で金持ちで頭が良くて、スポーツも万能な人気者。それなのにこんなデキの悪いヤンキーを羨ましがっている。同性愛者というだけで自尊心を失ってしまうのかと、悲しくなった。

「まあ別にええやんけ。悪いことちゃうし」

「あほか、お前がホモちゃうからそんなん言えるんじゃ。知ってるか？　就職しても結婚せえへんかったら出世できへんねんて。転落するしかないんや。もう俺終わっとるやんけ」

「そんなこと……ないやろ」

「じゃあお前、自分の設定でホモとノーマルを選べるとしたらホモは選ばんやろ？」

答えられずに黙っていると、ヨッシーは苦笑した。

「そういうこっちゃ。俺はハズレを引いたんや。カスや」

自分をののしるヨッシーを見るのが辛かった。あのみんなの人気者、ヨッシーが。いつも輝いていたヨッシーが。

その夜以来、ヨッシーは僕とも仲間ともつるまなくなった。大学は京都の一流大学に進んだが、就職した銀行では同期に後れを取り、精神的に追い詰められ、退職したと噂で聞いた。僕も関東に出てしまい、今はどうしているのかわからない。

ヨッシーが出世できなかったのは、本当に彼が言った通り、結婚しなかったからなのかどうかはわからない。だけどあの日、もっとあいつの心に寄り添うような方法があったのではと今でも悔やんでいる。

今こうして一生懸命活動しているのは、ヨッシーへの罪滅ぼしなのかもしれない。そして何の抵抗もなく打ち込めるのは、今日指摘された通り、確かに当事者じゃないからなのだろう。

もしもヨッシーが自分だったら。または自分の兄だったら。弟だったら。きっと、いや絶対に「まあ別にええやんけ」とは思えない。

ＬＧＢＴに寛容な世の中になってきたとはいえ、まだまだ世間は偏見に満ちている。

テレビでは女装家が、ニューハーフが、ゲイが活躍し、視聴者は好意を持って彼らを受け入れている。けれどもそれは、彼らが画面の中に納まっているからではないだろうか。もし彼らが自分の家族であったなら、拒否反応を示すかもしれない。

他人で関係ないからこそ、僕は「まあ別にええやんけ」とうそぶき、この社内活動に励んでいられるだけだ。

川添さんは僕を「アライ」だと喜んでくれた。胸がチクリと痛む。

——僕は一番の偽善者なんかもしれん。

ため息をつきつつ梯子を担ぎ、残りのステッカーを貼るために他のフロアを回った。

一日を終えて帰路につく。最寄りの地下鉄の駅で降り、日が落ちても変わらぬ暑さにふうふういいながらやっと我が家に辿り着いた。汗を拭き拭き玄関を入ると、見慣れない男物の靴がある。

あ、雄哉くんか。

そういえば今日来るって聖将が言うてたな。

リビングのドアを開けると、やはり雄哉がいた。ダイニングテーブルに聖将と並んで座り、なにやら二人で参考書のような本を読んでいる。僕に気がつくと、さっと立ち上がった。

「お邪魔しています。先日はお忙しいのにありがとうございました」

「いやいやこちらこそ。何してんの？」

「勉強」

聖将が答えた。

「勉強？　そら珍しい」

聖将は頭が悪いわけではないが、勉強が好きではない。塾にそろそろ通わせなければと思っているが、本人に全くその気がなく、頭を抱えていたところだ。

「S大、目指すんだって」

オープンキッチンから莉緒ちゃんが言った。

「S大!?　嘘やろ!?」

僕が興奮すると、聖将は「嘘じゃないってば」と苦笑した。

「雄哉から、すごく良い大学だって聞いたから。一緒に通えたら楽しいだろうし」

「そらええわ。え、ほんで雄哉くんが勉強を見てくれてるわけ？」

「まだ受験生だった頃の勘、残ってるんで」

「それはありがたいわー。ほんまにおおきに。でもなんで君らダイニングで勉強してるん？

聖将の部屋でやったら？　集中でけんやろ」

僕が不思議がると、

「ここでいいのよ。ここの方が安心だから。ねえ？」

と莉緒ちゃんがにっこり笑い、聖将と雄哉も頷いた。

「塾の夏期講習も申し込んだから」

さらなる聖将の言葉に、思わずのけぞる。

「ほんまかー」

S大を志望校に見据え、自分から進んで勉強し、塾にも通うという。良い影響を与えてくれた雄哉のおかげだ。雄哉さまさまだ。

「ええ友達ができてよかったなあ」

しみじみ言うと、三人が目くばせし、曖昧に笑った。ん？　ほんまはS大行きたくないんかな？　でもとりあえずは塾に通ってくれればいい。

再び勉強を始めた聖将と雄哉を肴に、僕は向かい側に座って缶酎ハイを開ける。雄哉のおかげで、なんとも酒が旨い。進むこと進むこと。

「じゃあこの設問、さっき説明した公式でやっといて」

雄哉が指示を出し、席を立った。そのままカウンターを回ってキッチンに立つ。

「焼けたかなあ」そう言いつつ、漬物を切っている莉緒ちゃんの隣に立ってフライパンの蓋を開けた。「お、いい感じ。羽根もパリッとうまくいきました」

「え、なに？　雄哉くんが料理してくれてるん？」

「そうなのよ。ライブのお礼だって材料まで買ってきてくれて。わたしはご飯炊いてお漬物切るだけ。楽させてもらっちゃった」

莉緒ちゃんが切った漬物をテーブルまで運んできた。

「へえー、料理もできるんやねえ」

「うちは父子家庭で、小五の時から弁当も夕飯も自分で作らないと回らなかったんです。当時は祖母も元気でしたけど、働いてたんで」

「おばあちゃんの介護食だって作ってるんだから」

聖将が問題集から目を上げずに口をはさんだ。

「君は出木杉くんやなあ」

ほとほと感心する。

聖将が設問を終えた後、参考書を仕舞ってテーブルを拭く。僕も何かせんと悪いと思い、盛り付けや配膳を手伝った。メニューは餃子にチャーシュー、卵スープだった。

「おお、おいしい！」

餃子もチャーシューもプロ並みだった。餃子ならまあ僕でもなんとか作れるが、チャーシューは柔らかく、上手に味付けしてある。

「なかなかチャーシューって家では作らないのよね。今度レシピ教えてね」

莉緒ちゃんの箸も進んでいる。

「そういえば雄哉の手料理なんて初めてだ。ほんと旨いよ」

「またいつでも作ってやるよ。そうだ、聖将がちゃんと勉強するって約束するなら夜食を差し入れようか」

なんちゅう親切な子や。また酒が進む。

あっという間にたいらげ、デザートには杏仁豆腐を食べることになった。

「そういえば中国茶をお土産でもらってたんや。せっかくやから飲もう」

二週間ほど前に出張土産でもらい、すっかり忘れていた。ソファの上に鞄の中身をぶちまける。書類などに紛れて、買ったままになっていたペットボトルのお茶やお菓子、コンビニの割り箸、香典袋などが転がり出た。

「げー、オヤジ、ちょっとは鞄、整理しろよ」

呆れながら聖将が書類と雑貨を分けてくれる。

「えへへ、ごめん。あ、プーアル茶あった」

茶葉の入った缶を探し当てると、「まったくもう」と莉緒ちゃんが呆れながらそれを手にキッチンへ行った。

「あ」

ふらついた拍子に、クリアファイルから書類の束を床に落としてしまう。

「飲みすぎですかね」

雄哉が笑いながら、散らばった書類を拾い集めてくれた。

「あれ、これは……」

雄哉が拾い上げたのは、今日会社で作ったステッカーの余りだった。

「ああそれ、僕が作ってん。レインボーカラーがＬＧＢＴを表す色っていうのは知ってるやろ。会社のトイレとか更衣室に貼って、どなたでも使えますっていうお知らせをするんや」

「へえ……」

聖将と雄哉が、どういう訳かステッカーをじっと見つめている。

「今アドバイザーさんに色々教わってる最中やねん。そうや、レインボーの色の意味って知ってる?」

「あ、いや」

「そういえば知らないです」

二人が同時に首を横に振る。

「赤は生命、オレンジは癒し、黄は太陽、緑は自然、青は平穏と調和、紫は精神。実は七色じゃなくて六色っていうのもトリビア——って、まあ僕も受け売りやけどな」

「……色にはそんな意味が込められていたんですね」

雄哉は神妙な顔で頷く。

「でも僕からしたら、レインボーは無敵の色やねんけどなぁ」

「無敵？　なんで？」

聖将が首をかしげる。

「高校ん時パチスロによう行ってたんやけど、画面の背景が虹色になったりキャラが虹色の服着てたり、とにかく虹の演出が出たらほぼほぼ勝てるんや」

「無敵の色ですか……いいですね」

「うん、すごくいい」

高校生でパチスロかよ、というツッコミを期待していたのだが、二人とも感じ入ったように頷いている。

「僕はアホないちびりやったからな。あ、関西弁でお調子もんっていう意味やで。とにかく、聖将は絶対にスロットなんか行ったらあかんねんぞ」

拍子抜けしつつ、一応釘を刺しておいた。

「お茶が入ったよー」

莉緒ちゃんがプーアル茶と杏仁豆腐を持って来た。コーヒーテーブルに並べ、ソファでいただくことにする。

杏仁豆腐は安物の缶詰の味でなく、ふんわりとアーモンドの香りのする本格的なものだった。

「わーめっちゃ美味しいやん。こんな味の濃いやつ久しぶりに食べたわ」

僕は杏仁豆腐に目がないのだ。喜んで食べていると、

「また作ってきますよ」

と雄哉が言った。

「えーまさかと思うけど、これも手作り?」

「パウダーを使うんで、実は簡単なんです」

「いやいや充分やって。ほんまもんの出木杉くんや。イケメンやし頭はええしベースは弾けるし料理も完璧。なあ、カノジョってどんな子? 君みたいな子を射止めるなんて、すごい子やろうなぁ」

「うーん……」

雄哉は少し困ったように微笑んだ。

「あ！　もしかしてライブにいたショートカットの子？　あのモデルみたいなべっぴんさん」

「……付き合ってたんですが、別れて」

僕のどアホ。どえらい地雷を踏んどるやないか。

「もう、あなたったら飲みすぎ。プライバシーを根掘り葉掘り訊かないの」

「いやいや、ごめん。そうや、キヨ、お前ルネちゃんの友達、紹介したらどうや」

アルコールの浸みた脳のわりには、我ながら良いアイデアだと思った。

ルネちゃんは、聖将にはもったいないくらいのガールフレンドだ。そこにいるだけで周囲が明るくなる、花束みたいな女の子。しかもバレンタインデーには、「お父さんにも」と手作りのチョコレートをくれたのだ。ヤンキーだった僕は女子高生からチョコレートをもらったことはない。だから青春をやり直せたようで、年甲斐もなく涙が出るほど感激してしまった。ルネちゃんは、こんなおっさんにまで気配りができるスーパーガールフレンドなのだ。

「雄哉くんは、ルネちゃんに会うたことある？」

「――いいえ」

「いつも笑顔で可愛らしい子で、昔の莉緒ちゃんを思い出すんや。昔はああいう子のこと、『お嫁さんにしたいナンバーワン』って言うたんやで。ルネちゃんの友達なら、間違いないわ。なあ聖将？」

「ルネとは……もう別れてるから」

ひ、と息を呑んだ。ルネちゃんと別れてしもたんか。気に入っていただけに僕にとっても大打撃だった。だけど聖将がものすごく暗い顔をしていたので、何も言えなくなった。これは振られてしまったに違いない。

「そうか。じゃあ紹介はできんなあ……」

あまりのバツの悪さに目を泳がせていると、雄哉がそっと口を開いた。

「紹介なんて、いいんです。すごく好きな人がいるんで」

「へえ、どんな子？」

「世界で一番、素晴らしい人です。優しくて、素直で――あと、とっても良いご両親に育てられているんですよ」

「そうなの……そんな風に思ってるのね」

胸を打たれたのか、莉緒ちゃんがわずかに声を震わせる。

「うんうん、親御さんがしっかり教育したはるっていうのは、大事なポイントやで」

「だから僕も、その人を大切にしたいと思っています。それから、その人を素晴らしい人間に育ててくれたご両親にも感謝しているんです。とはいっても、この先その人とうまくいくかどうか、わかりませんが」

真剣な口調と表情から、雄哉くんが相手を心から想っているのが伝わってきた。ああ、ええなあ、青春しているんやなあ。切々と胸に迫るひたむきさ。こんな関係のないおっさんでさえ、もらい泣きをしそうになる。

「大丈夫。雄哉くんみたいな男前やったら、絶対に両想いになれるし、ご両親にも気に入ってもらえるよ。僕が太鼓判を押すわ。聖将も、ここまで真剣に好きになれる女性を見つけんと」

な、と聖将に顔を向ける。当然、そうだね!と張り切った答えが返ってくると思っていた。それなのに、

「……うん」

なぜだか消え入りそうに小さな声で、聖将はうつむいただけだった。

「遅くまでお邪魔しました」

門を出ると、雄哉はやはり礼儀正しくお辞儀をした。ゆっくりデザートを楽しんでいるうちに、夜の十時を回っていた。

「気をつけて。またいつでも来なさい」

駅まで送るという聖将と連れ立って、二人の姿が夜道に遠のいていく。

「いやー、ほんまにええ子やなあ」

門を閉めながらしみじみしていると、莉緒ちゃんも「そうよね、本当にいい子だわ」と言いながら家に入っていった。

あーさすがに飲みすぎたと反省しつつ伸びをして、首をぐるぐる回す。視線の先に、郵便受けから何かがはみ出しているのが見えた。そういえば今日帰宅した時、郵便を取るのを忘れていた。

チラシやDMに交じって、真っ白い封筒があった。宛名も差出人の名前もない。誰かが直接投函したらしい。はて、と訝しみつつ封を開けた。

あなたの息子は、藤本雄哉と恋人同士
ゲイ　ホモ　汚らわしい

月明かりの下、白い便箋に、定規で引いて書かれた文字が浮かび上がる。

一瞬で酔いが醒めた。

——なんやって?

間違いじゃないかと、もう一度目を凝らす。

あなたの息子は、藤本雄哉と恋人同士
ゲイ　ホモ　汚らわしい

やはり何度読んでも、そう綴られていた。

「なんやこれは」

普段なら笑い飛ばす。けれども背筋が寒くなり、膝が震えてきた。心臓が跳ね、便箋を握りしめた両手はじっとりと汗をかいている。

「何してるの? 蚊に刺されるよ」

莉緒ちゃんの呼びかけを背後に聞きながら、門を飛び出していた。

まさかまさかまさかまさか。

そんなはずない。

そんなはず、あるわけがない。
あってはいけない——
走って、走って、走る。
公園を突き抜けようと足を踏み入れ——ぎくりと立ち止まった。
すべり台のそばで、聖将と雄哉がきつく抱きしめ合い、唇を重ねていた。

第5章　雄哉

八月に入ってから快晴が続いていたのに、その日は風が強く、たっぷり水を含んだ脱脂綿のような雲が空を覆っていた。降るだろうなと思っていたら案の定、大学の正門が見えたところで一気に降り出した。傘をさしてキャンパスを走るが、傘など役に立たないくらいの激しさで、図書館に到着する頃にはかなり濡れてしまった。

バックパックからタオルを出してざっと首や腕を拭くと、改札機のような機械に学生証をかざす。ピッと電子音が鳴ってゲートが開き、静かな館内に足を踏み入れた。

「お疲れっす」

総合カウンター担当のスタッフに挨拶しながら内側に入り、さらにその奥にあるスタッフルームに行く。荷物を置いてキャンバス地のエプロンをつけ、タイムカードを押した。

本当は割のいい家庭教師のアルバイトをしたかったが、介護のスケジュールが不安定なので無理だった。いろいろ探した末、大学図書館のスタッフに落ち着いた。時給は高くないが、ゼミや試験の予定に合わせてシフトを融通してもらえるし、講義の合間の空き時間

に稼げるのも効率が良い。

返却本の置かれたカートを引いてフロアに出て、所定の位置へ戻していく。夏休み期間、しかも盆休み直前の金曜日だからか利用者は数えるほどしかいない。防音の整った館内は平穏だが、窓には雨が叩きつけ、木々がざわめいている。まだ昼過ぎだというのに空は暗く、眺めているうちにカッと光った。

台風が来るのかもしれない。

返却本が少ないのですぐに作業は終わり、暇なので本の修理でもすることにした。汚破《おは》損《そん》本ばかりを集めた棚から何冊か取り、カウンターの中にある作業台へ置いた。

取れかけた表紙をのりでつけたり、破れたページを変色しない特殊なテープで貼っていると、やはり暇なのか、修理本を抱えて文学部の女の子がやって来た。

「藤本さーん、お疲れさまでえーす。今日はガラガラですねえ。明日からお盆だし、地方組は帰省しちゃったのかなあ」

「おまけにこの大雨だしな」

「ですよね。こういう日にシフト入れてラッキー」

「帰りの電車が心配だけど」

「あ！　確かに。わたしもヤバいな。前、止まっちゃいましたもんね」

前に一度だけ、電車が止まって帰れなかったことがあった。親父が家にいた日だからよかったものの、そうでなかったら祖母を一人にするところだった。

「でもあの時藤本さんはサークルの部室に泊まれたんでしょ？　じゃあ最悪は今日も泊まれるじゃないですか」

バンドサークルの部室は学生会館にあり、大きなソファがあってなかなか快適だ。終電を逃した時など、みんなでそこに泊まって朝まで飲むこともあった。

「あー……でもサークルやめたんだよね」

のりで付け直した表紙をゴムバンドで固定しながら言うと、その子が「え！」と声をあげた。

「じゃあバンドもやめちゃったんですか？」

「まあそういうことになるね」

いつもなら図書館でのバイトの後は部室に顔を出す。夏休み中でも必ず誰かがいるし、だらだらしゃべったり、酒を飲んだり、ギターやベースをミニアンプにつなげて軽くセッションするのが楽しみだった。だけど、もうそれもできなくなった。

ふと窓の外に目をやる。その時、また雷が光り、轟音が窓ガラスを揺るがした。

「あたしたち、やり直さない？」

美弥子がギターシールドを8の字に巻きながら言った。先週のライブが終わった後、ステージで機材を片付けている時だった。

「――え？」

聞き間違いかと思った。

気がつくと、誰も残っていなかった。すでにみんな打ち上げ会場へ行ったのか――いや、あえて気を利かせたのだ。

美弥子と別れてから二か月と少しが経っている。別れると本人も周囲もひっくるめて居心地悪くなるのがサークル内恋愛の難点だが、美弥子はさばさばしていて、俺がいても気軽に振る舞い、明るく笑っていた。美弥子はきれいだし、モテる。だからとっくに俺なんて吹っ切ったんだと思い込んでいた。

「わかってるんだ。雄哉はさ……あたしと後藤くんのことを誤解したんでしょ？」

後藤は新入生のドラマーで、地方から出てきたばかりでおとなしいが、いったんスティックを握れば情熱的なドラムを叩く。そのギャップが面白くて、俺も気に入っていた。確かに美弥子は東京に明るくない後藤を何かと気にかけてやっていたが、俺は誤解など露ほどもしていなかった。

「いや全然。そんなことないよ」

「強がらなくていいの。ごめんね、あたしも田舎から出てきたクチだから放っとけなくてさ。何度か二人きりで飲みに行ったから怒ってたんでしょ?」

そういう話を聞いたような気もするが、何も感じていなかった。黙っていると、美弥子が両手を拝むように合わせた。

「もうしない。実は後藤くんに告白された。彼にも誤解させちゃったんだね。ほんと、あたしったらバカだ。本当にごめん」

合わせていた両手を離し、そのまま俺の腰に腕をからませてくる。

「反省しました。だから、より戻そ?」

甘えるように、上目遣いで見る。

美弥子のことはとても好きだった。音楽の趣味も合って、ギターもベースも弾けてドラムも叩ける。声も良くて歌もうまい。就職はマスコミ志望で、報道番組を作るというしっかりしたビジョンを持っているところにも惹かれた。ただ、美弥子との将来をどうしても思い描けなかった。

これまでの恋愛も、同じ感じだった。言い寄られて、なんとなく付き合い始めて、セックスして、いつの間にか別れる。胸を焦がすような愛おしさや、会えない寂しさを募らせたことはない。誰にも本気になれない自分を薄情に感じて、時々ふと自己嫌悪に陥っていた。

だけど聖将に出会って、全てが大きく変わった。彼の目を見た瞬間に惹き込まれて目が離せなくなり、息苦しくなり、もっと知りたい、一緒にいたいと強く欲した。どうしてだか自分でもわからない。ただ、理屈とか理性とか常識とか、そんな次元は超えていた。

打ち上げに来られないと聞いて落胆し、花火に来ることになって舞い上がった。そしてそんな自分の感情に戸惑い、怖くなった。おいおい、相手は男子高校生だぜ、と。

「俺は美弥子を愛しているんだ」と自分に言い聞かせながらも、花火の日はそわそわして仕方がなかった。美弥子とゆかたを着て、サークルの連中と河川敷で飲んでいても、もうすぐ聖将が来ると思うと会話に全く集中できない。聖将から場所がわからないと電話が来た時は、いそいそと「迎えに行ってくる」と立ち上がった。

人波をかき分けて橋まで迎えに行ってみると、頼りなげな表情をして聖将が立っていた。抱きしめたいという思いが湧き上がり、そんな自分に引きまくった。変態か、俺は。

「おう、来たな、高校生」

声をかけると、すがりつくような目で俺を見た。そんな目で見んな。

「……少女漫画のキャラみたいですね」

そんな顔で笑うな。

「だって花火大会にゆかたなんて。あんまり男で着てる人、見たことないから」

そんな声でしゃべるな。

本当はあの時、落ち合った場所からサークルで飲んでいた場所は遠くなかった。だけど俺はわざと遠回りした。少しでも長く二人きりでいたくて。だから屋台でラムネを買った。ゆっくりしたくて。

突然花火が上がって、二人して驚いて空を仰いだ。そっと聖将を盗み見ると、夜空を背景に、息を呑むほどきれいな横顔が浮かび上がっていた。

ドーンドーンという音が、まるで自分の鼓動のように激しく打つ。ああもうこれは完全に惚れちまったんだなと、ほろ酔いの頭で観念した。

聖将が何か言った。花火の音とスピーカーから流れる音楽にかき消されて聞こえず、「なに?」って、どさくさにまぎれて顔を近づけた。それで余計にドキドキしてしまった。「すごいね」と笑ってごまかした。

それからまたしばらく見上げていた。互いの手が、伸ばせば触れそうな位置にあった。握りたかったけど、それはアウトだろうと冷静に考える。

冗談ぽく、肩でも抱いちまうか。

それなら男同士でも許されるだろうと、勇気を出して隣を見た。

聖将はいなかった。

その日からは家にいても、バンドの練習をしていても、美弥子と一緒にいても、ずっと聖将のことばかり考えていた。

あまりにも苦しくて、どうしようもなくて、バーベキューの時、酒の力を借りて想いをぶつけてしまおうと決意した。正直にすべてぶちまけたら、確実に気持ち悪がられる。そうしたらさすがに俺も諦めがつくだろう。

だけど——奇跡的に、聖将も俺を好きでいてくれたのだ。だから俺は次の日、美弥子に正直に「好きな人ができた。別れてほしい」と伝えた。美弥子は大きな星形のピアスをいじりながら、「ふーん、いいよ」とあっさり頷いた。それなのに。


「——ね、より戻そうよ」

美弥子が俺の顔を覗き込む。

「ごめん、それはできない」

「どうして？　そんなに後藤くんとのこと怒ってるの？」

「……付き合ってる人がいる」

「え？」

美弥子はきれいな目を見開いた。

「嘘でしょう？」

「本当だよ」

「だってそんなの聞いてない」

「好きな人ができたから別れたいって、あの時言っただろ？」

「そうだけど、あたしへのあてつけだと――」

美弥子の目が潤む。

「じゃあ、あれからその人とうまくいったってことなの？」

「うん」

美弥子が、きつく俺を抱きしめてきた。

「ダメよ。離さない」

「美弥子……」

「どんな人？　あたしよりきれい？」

「いや、だから……」

「あたし諦めない。絶対に雄哉を渡さないから」

「おい」

体に絡みつく美弥子の腕を引きはがそうとする。が、さらにぎゅっと締めつけてきた。

「雄哉は必ずあたしのところに戻ってくるもん。ずっとずっとずっと待ってるんだから」

美弥子が待つと言っているのは、少しでも希望があると思っているからだ。へんに期待を持たせないために、はっきり伝えた方がいいのかもしれない。

「待っててくれてもダメなんだ。あのさ、俺――」

一瞬、美弥子ならわかってくれるような気がした。それがどうしたとばかりに、いつものさばさばした表情で「あっそう」と。

「男が好きなんだと思う」

美弥子が抱きついたまま、俺を見上げた。悲し気な目だった。

「そんな嘘をついてまでよりを戻したくないわけ」

「そうじゃなくて――」

「だいたい、そういうのって本当のゲイの人に失礼じゃん」

全く信じている様子はない。

「実は付き合ってるのは……聖将くんなんだ」

一瞬の沈黙。

「……え？　あの高校生の子？」

「そう」

「――男じゃん」

「だからそう言ってる」

少しの間、美弥子はキョトンとしていたが、ぱっと俺から離れた。みるみる鎖骨から上に血が上り、顔がさあっと赤くなる。

「ちょっと待ってよ。あんたマジでゲイなの？」

「ごめん。わからなかったんだ自分でも。だけど――」

「今日、家族でライブに来てたよね。まさか公認？」

「いや、違う」

「あたしの立場はどうなるわけ？　サークルのみんな、あたしたちが別れたのは、お互いに強がってるだけって思ってるよ。どうせ元サヤに収まるって」

「それなら、みんなにはちゃんと俺から話すよ」

「ふざけないで！」

目の前を風が切った。美弥子の手のひらが、俺の頬に思い切り叩きつけられていた。

「あんたがゲイだってこと、絶対に誰にも言わないでよ。そんなことされたら、あたし余計に惨めじゃない」

「どうして――」

「どうして!? それ本気で訊いてんの? カモフラージュのために付き合ってもらっただけの、可哀そうなイタい女って思われるからに決まってるでしょ!」

「カモフラージュなんかじゃない。俺、美弥子のことは本当に――」

「どうだっていい!」

また美弥子が俺の頬を張った。美弥子の大きな目から、ぼろぼろ涙がこぼれている。

「あんたが本当にあたしを好きだったかどうかなんて、もう一ミリもどうだっていい! そう見られるのがいやだって言ってるの!」

「昔の俺の気持ちまで否定できないよ」

「あんたにそんなことを気にする資格はない。勝手にカミングアウトなんてすんな。あんたはすっきりするかもしれないけど、みんなも理解してくれるかもしれないけど、あたしの立場だけを考えろ! あんたはこのまま一生、偽って生きていけ!」

「ちょっと待っ――」

「絶対に言うんじゃないよ。あんたと男が一緒にいるところも、絶対にこの大学の奴に見られんな。バレたら終わるのはあんたじゃない――あたしなんだからね。

カミングアウトなんてエゴだよ。自分の存在を認めてもらいたいってだけでしょう。振り回されて大変なのは、自分じゃなくて周りじゃん」

「美弥――」

手を伸ばすと、振り払われた。

「触るな！　あんたなんかとキスしたりエッチしてたと思ったら気持ちが悪い！　吐きそう！　あんたが男に欲情するなんて反吐が出る！

出て行って！　二度とあたしたちの前にそのツラ見せんな！　消えろ！」

美弥子は泣きわめきながら、俺のベースを振りかぶって床に叩きつけた。

「ごめん……本当に悪かった」

俺は最後にもう一度謝ると、ベースを拾ってライブハウスを後にした。

あれ以来、美弥子には会っていない。あの時の美弥子の泣き顔を思い出すと、心臓が鉛のように重く、痛くなる。

恋愛である限り関係が終わるのは仕方がないだろう。だけど、きっと心変わりや浮気の方がましだと思わせるほどの傷を、美弥子の心に負わせてしまった。

振り回されて大変なのは、自分じゃなくて周りだという言葉が、ずっと深く突き刺さっている。

夕方、バイトが終わって図書館から出ると、空は暗く、まだ雨は降り続いていた。

少しでも風がおさまっているうちに駅に急ぐ。途中でポケットの中のスマートフォンが震えた。

聖将かな。

ファストフード店の軒下で立ち止まり、確認する。

聖将の父親から、ショートメールが届いていた。

ライブに招待した時、念のために携帯番号を渡しておいた。だけどもちろん、一度も連絡などきたことはない。

戸惑いながら呼び出されたスタバに行ってみると、大雨のせいか珍しく閑散としていた。奥のソファ席に父親が座っている。遠目からでも父親の顔色は悪く、ネクタイもだらしなく緩められ、憔悴しきっているのがわかる。俺は急いでコーヒーを買うと、席に近づいた。

「お待たせしてすみません。先日は遅くまでお邪魔させていただいてありがとうございました」

父親はゆっくりと顔を上げ、何も答えず、ただ黙って手で前の席をすすめた。いつもの明るい、饒舌な様子とは一変している。

どうしたんだろう。

急に不安になる。メールには、会うことは聖将に言わないでほしいと書いてあった。まさか――

「お願いや。別れてくれ」

父親がテーブルに両手をついて頭を下げた。

頭が真っ白になる。

どうして?

どうして知られてしまった?

父親の前では気をつけて振舞っていたつもりだ。まさか聖将が打ち明けたのだろうか――

いや、それなら俺に報告するだろう。

じゃあいったい――

混乱していると、父親が頭を上げ、すっとテーブルに白い封筒を滑らせてきた。住所も宛名も何もない。折りたたまれていた便箋を開いて、息を呑む。

あなたの息子は、藤本雄哉と恋人同士
ゲイ　ホモ　汚らわしい

ああ。

すとんと納得した。

――美弥子だ。

俺のあとをつけたのかもしれない。

腹は立たなかった。ただ申し訳なかった。美弥子はこんな醜い小細工をするような女じゃない。気高く、誇り高く、聡明で、美しい。それなのに、俺のせいでこんなことを。

「君は優秀やし、苦労しているし、礼儀正しいし、本当に近頃珍しいくらいの好青年やと思っている。だけど、とてもじゃないけれど息子との関係は認められない」

声と、コーヒーの紙コップを持つ手が震えていた。

「聖将は、まだ十七で、何もわかってない。憧れと恋愛を混同してるだけなんや。僕だって、同性の先輩や友達に憧れたことはあるよ。誰でもそういう経験はあるんや。だから君さえ身を引いてくれたら、目を覚ますと思う」

そこで言葉を切り、父親はコーヒーを口に含んだ。目は落ちくぼみ、充血していて、無精ひげが生えている。この手紙が俺を尾行して届けられたのだとすれば、ライブの二日後に杉山家を訪ねた時だろう。そしてそれから四日が経っている。今日まで何日も悩んで眠れず、やっとの思いで連絡してきたに違いない。

「この世には、決して結ばれない恋があるよな？　どんなに好きでも、どうにもならない関係は男女でもある。まして男同士なんて――」

父親は言葉を探すように、また黙り込んだ。雨の音と、店内に流れるスムースジャズが沈黙を埋める。

「後ろ指さされながら生きていくなんて、親として、可哀そうで見てられへん。周りから祝福されてこそ、幸せな関係が築けるはずや。君にも息子にも、幸せになれるチャンスはいくらでもある。わざわざ苦しい道を選ぶ必要はないやろ？」

うまくいきすぎだと思っていた。

戸惑いながらも受け入れようとしてくれる母親がいて、優美おばさんという心強い理解者がいて、本当の関係を知らなかったからこそだが父親とも仲良く酒を飲めた。

だから一瞬、このまま進んでいけるんじゃないかという幻想を抱きかけてしまっていた――そんなはず、あるわけないのに。

「甘いもんじゃないよ。今は昔よりもオープンやし、確かに偏見は少なくなっているかもしれない。だけどそれはあくまでも表面だけや。差別や偏見は、もっともっと根強くて、根深い。愛だけで、どうなるもんやない」

美弥子。

聖将の父親。

聖将の母親。

そして聖将本人。

俺はみんなを不幸にしている。

「君のことは心からええ子やと思っていた。だから家にもあがってもらって親しくさせてもらっていた。だけど今は正直……裏切られた気分や」

その言葉が、鋭く胸をえぐる。

不幸にしようと思って恋に落ちたわけじゃない。幸せにしたかった、なりたかった。それなのに。

一緒にいたい——そう願うことすら、罪だなんて。

「君が同性愛者であることを批判しているんじゃないよ。君は君の幸せを見つけてほしいと思う。だけどその相手は——うちの息子やない」

父親は俺の目を見て、きっぱりと言い切った。

「これから普通に女性を好きになって、お付き合いして、結婚できる可能性はゼロじゃない。息子から、そういうチャンスを奪わんといてくれ。君から別れてくれれば、簡単に済む話や。

本当に愛しているなら、息子の幸せを一番に考えてやってほしい――この通りや」

もう一度、父親は両手をテーブルについて、深く頭を下げた。

ああ、ここにも。

ここにも俺のせいで、不本意な振舞いをしなくてはいけなくなった人がいる。

尼崎と大阪を混同されると悔しがる〝イネちゃん〟、いろんな方言の混じった言葉を話す〝イネちゃん〟、莉緒ちゃん莉緒ちゃん、と今でも妻にベタぼれの〝イネちゃん〟、『幸せの黄色いリボン』の曲を聴き、映画を観ては涙ぐむ〝イネちゃん〟、元ヤンキーでケンカの強い〝イネちゃん〟――そんな父親に今、俺はこうして頭を下げさせてしまっている。

もともと優しく、そしてリベラルな人だ。だからこうしている自分に、きっと大きな矛盾を感じて苦しんでいる。こんな良い人に俺は罪悪感を抱かせ、葛藤させてしまっているんだ。

俺さえ現れなければ平和な家族だったのに、引っ掻き回して不幸にしてしまった。

俺が好きになりさえしなければ。

俺は疫病神だ。

「……考えさせてください」

やっと声を振り絞ると、父親は弾かれたように顔を上げた。

「すぐに答えなんて出せません」

父親は、充血した目で俺を見た。

多分この人は、今この世で一番俺を憎いと思っている。

しばらく睨み合った後、彼は両手で顔を覆い、うなだれた。

たまらなくなって、俺は「失礼します」とだけ言うと、走ってスタバを出た。


築三十年の、エレベーターのついていない三階建てのアパート。昔ながらの安普請な2LDKに、俺と父と祖母の三人で暮らしている。

2LDKといってもそのうちの一室はダイニングと続きの和室で、寝たきりの祖母の部屋だ。だからリビングのソファが俺のベッドで、食卓にノートパソコンを置き、デスク代わりに使っている。

「おばあちゃん、美人だね」

祖母の顔を覗き込みながら聖将が言った。うちに来るのは初めてだった。

「そう?」

「うん。雄哉に似てる」

「自分では思わないけど」

ベッドに横たわった祖母は、にこにこと聖将を眺めている。寝たきりになってから、俺のことも父のこともわからなくなってしまった。もちろん聖将が誰かなんて理解していないだろうが、人を見れば愛想をふりまく性格の可愛いおばあちゃんだ。

母親は俺を産んですぐに亡くなったらしく、ものごころついた時には祖母と父と暮らしていた。父は観光バスの運転手で、まとめて家を空けることが多い。だからほとんど祖母に育ててもらったようなものだ。

祖母は古風な人で、しつけには厳しかったが、言いつけさえ守っていれば、友達と遊んでいてもずっとゲームをしていても怒られなかった。俺はそんな祖母が大好きだった。

だから大学に入ってすぐ、祖母が転倒して腰の骨を折り、寝たきりになってしまった時、父と交代で面倒を見ると申し出た。自宅での介護を美徳だと考えているわけではない。入所できる施設が近所になかったこと、たまたま良いヘルパーさんとの出会いがあったこと、そして祖母に会えなくなるのがいやだったことが理由だ。

介護は想像以上に大変だった。それでも大学に行きながらなんとか頑張ってこられたのは、幸か不幸か、祖母が歩けないからだ。歩けると徘徊するから目が離せないし、家のあちこちでトイレを失敗されると聞く。もちろんかくしゃくとしていた祖母が寝たきりになったというのは寂しく、どんどん認知能力や筋肉が落ち、あらゆる機能が衰えていくのを目の当たりにするのは辛かった。だけど、いつどこへ行ってしまうかわからないという不安を感じなくてもいいと考えるようにしている。

父は何日も続けて家を空けるシフトが多い代わりに、まとめて休みを取って家にいることができる。そういう時は俺も好きなように出かけられるが、いない間は当然俺がずっと家にいる必要がある。今回は盆休みで稼ぎ時なため、父は一週間も続くシフトに入った。だからしばらく会えないと聖将に伝えると、「だったら雄哉んちで過ごそうよ。雄哉のおばあちゃんにも会いたいし」と聖将が提案してくれたのだった。

聖将の父親に呼び出されてから、週が明けて月曜日。聖将から普通にメールや電話があったところをみると、父親は何も話していないのだろう。まさかこの関係が父親にばれているとは、聖将は夢にも思っていないはずだ。

考えさせてくださいと言ったものの、答えが出るはずもなかった。当然父親は、俺が別れを切り出すことを望んでいる。けれども俺は別れたくない。考えます、と言ったのは、ていのいい時間稼ぎに過ぎない。

もちろん、このままでいいとは思っていない。だけど、どうすればいいのかわからなかった。

「あ、これが雄哉のお父さん？」

祖母のベッド脇の棚に、写真立てが置いてある。着物姿の祖母とかしこまったスーツ姿の父、そして制服を着た俺。高校の正門で撮った、卒業式の写真だ。

「めちゃくちゃ似てる！　この時、お父さんがいくつ？」

「えーいくつだろ……五十くらいかな」

「そっか。じゃあ雄哉は五十になったらこんな感じなんだ。よかった、イケメンのままで」

聖将の屈託のない言葉に、心臓がきゅっとなる。五十歳。三十年後。その時まで一緒にいることができると、聖将は信じているのか。

「この写真のおばあちゃん、やっぱりきれいだね。すでに九十近かったわけでしょう？　見えないなあ」

今九十一歳の祖母は、若い頃ものすごい美人だったらしい。彫刻刀で彫ったかのようにくっきりした二重瞼に、つんと高い鼻。祖母を取り合って決闘があったというのも年寄りのホラ話じゃないと思う。

だけど今は、糞尿を垂れ流すだけのしわしわの老女だ。ふるいつきたくなるような美女も、歌舞伎役者のような男前も、いつかは必ずこうなる。老い、衰え、枯れ、死んでいく。

まだ二十歳で若い若いと言われる俺だけど、介護をしてきたせいか、老いと死をものすごく身近に感じる。恐ろしさも知っている。ひょっとしたらその辺の四十代や五十代より身に染みているかもしれない。

そしていつか必ず、このきらきらした十七歳の聖将だって老いさらばえていくのだと冷静に考えている。毛穴が開いて顔にも体にも深い皺が刻まれて、皮膚のあちこちに汚れのようなべったりとしたシミがつく。青年だった面影は跡形もなく消え去って、醜い老体が残るだけだ。

それでも。

それでも、その時までを共に過ごしたい。

一緒に年を重ねていくことの残酷さや醜さを覚悟したうえで、そう願ってやまない。

だけど——

俺に覚悟があるというだけで、聖将の家族と将来を台無しにしていいのだろうか？

ああ、どうして俺か聖将のどちらかが、女じゃなかったんだろう。そうしたら、何の問題もなかったのに。

普通に付き合えていたんだろうな。親父さんだって、ルネちゃんを歓迎したみたいに大歓迎してくれたんだろう。別れろなんて言われなかったはずだ。

悔しい。

幸せにしますって言い切れないのが悔しい。いくら覚悟があっても、俺の存在そのものが聖将を不幸にしてしまうから。

俺が台所に立ってお粥を作っている間、聖将は和室と行ったり来たりしていた。

「どうした？　ばーちゃんとテレビ観てていいよ」

「えへー、なんかさ、雄哉が料理してるのを見るのが楽しい」

「なんで？」

「なんでだろ。わかんない。でもあったかい気分になる」

梅干しが好きな祖母のために、種を取って、包丁で丁寧に繊維を切って叩いていると、背後から聖将が両腕を回してきた。

「あー、めっちゃ幸せ」

「……そうか？」

「俺もオカンから料理習おうかな。一緒に暮らすようになったら、当番制にできるように」

動揺して指を切った。

「――っっ」

「わー、大丈夫？」

「ああ」

おろおろする聖将の隣で血のついた指を水で流し、梅肉を小さなすり鉢ですりつぶしていく。

「俺がやるよ」

聖将は流しで両手を洗うと、ていねいに梅肉をすりつぶし始めた。

「梅肉ペーストを買えばいいのに」

「何が混ざってるかわからないからな。自分で漬けた梅干しから作れば安心だろ」

「雄哉って、梅干しまで漬けてんの？」

「ばーちゃんから仕込まれたから。でも簡単だよ」

「すごすぎる。オヤジじゃないけど、本当に出木杉くんだよ」

胸にチクリと刺さる。

「できた。これをお粥に混ぜればいいんだよね」

とろとろのお粥の中に、少しずつ梅肉を入れ、そっとかきまぜる。まるで理科の実験でもしているように、慎重だった。

「これでいい？　良かったら、俺が食べさせてみようか？」

「いや、冷まさなくちゃいけないから」

「あ、そっか」

「その間に、オムツ替えとく」

和室に移動し、引き出しから介護用オムツとウェットティッシュを取り出した。

「手伝うよ」

「さすがにオムツはいいって」

「大丈夫」

「いや、いい。ちょっとお前は食卓にいといて」

「でも」

「一応レディだからさ」

「あ……そっか」

聖将は素直に食卓の方へ行き、座った。俺はふすまを閉め、祖母のタオルケットを取り、前開きのネグリジェのボタンを外す。オムツを確かめると、便はしていない。枯れ木のような脚を持ち上げて尻をていねいに拭いてやり、乾かし、新しいオムツをあてる。

褥瘡《じょくそう》ができないように少し体の位置を変え、血行が良くなるようにと手足を念入りにマッサージする。祖母は気持ちよさそうに目を閉じた。

「終わった？」

ふすまの向こうから声がする。

「ああ」

答えると、聖将がおかゆとスプーンを持って入ってきた。俺は電動ベッドのボタンを押して、背もたれを上げる。

「食べさせてあげてもいい？　すごく気をつけるから」

「うん、お願い」

聖将は祖母の傍らに座ると、おかゆを少しだけすくって口に運んだ。気分によって食べてくれない日もあるが、今日はうまそうに呑み込んでくれる。歩けなくなった今、せめて嚥下《えんげ》機能を衰えさせないように、父も俺も必死だった。

聖将は忍耐強く、少しずつ少しずつ食べさせてくれた。途中でペッと吐き出されたりしても、きれいに口を拭いて、根気よく最後のひとさじまで付き合った。

「ありがとうな。ばーちゃんも喜んでるよ」

空になった茶碗を受け取り、流しに置きに行く。聖将もついてきた。

「俺で良かったら、いつでも手伝いに来るよ」

「おい高校生。来年は受験だぞ。そんなことしてる場合じゃないだろ」

水を出し、茶碗や調理器具を洗う。

「でも雄哉も大変だから役に立ちたい。それに、会える時間も増えるしさ」

「お前は介護のほんの一部しか見てないよ。いつもはもっと壮絶なんだから」

「だからなんでも教えてよ。そうしたらそのうちに、おばあちゃんにも俺を覚えてもらえて、オムツ替えだってさせてもらえるようになるかも。家族だったら、レディでも関係ないでしょ」

「介護はままごとじゃないぞ。気が向いた時にだけやればいいってもんじゃない」

ついきつく言ってしまった。

「わかってるよ。少しでも雄哉の負担が減ればって思っただけ。だってこの先、ずっと一緒にいるなら――」

思わず茶碗を流しに叩きつけた。メラミン製の食器が、水流の下に転がる。

「甘いよ。お前は現実を見てない」

「――ごめん……」

聖将が、怯えたように俺を見ていた。

「いや……俺こそ悪かった」

唇をかみしめる聖将を見ていられなくて、思わず目をそらす。

現実を見ていない?

それは俺じゃないか。

ままごとをしているのは俺の方だ。

こんな関係が続くはずがない。

最初から間違っていた。好きになったことも告白したことも付き合い始めたことも、全部全部。

俺が告白しなければ、きっと付き合っていない。だとしたらやはり全ては、自分の気持ちばかりを優先し、年上なのに分別を失った俺の責任なんじゃないか。

誰にも言えない。誰にも紹介できない。誰からも祝福されない。好きだ、そばにいたいという気持ちだけではどうにもならないハードルがいくつもある。

そんな関係を聖将に背負わせる?

世界で一番、大切な人に?

きっといつか、別れることになる。それなら今すぐでも同じなんじゃないか。

少しでも長く一緒にいたいというのは、俺のエゴでしかない。

――本当に愛しているなら、息子の幸せを一番に考えてやってほしい。

父親の言葉が、なまなましく脳裏にフラッシュバックする。

うーんうーん、とうめき声が聞こえて、我に返った。おばあちゃん、どうした？と聖将が駆けつける。

「キヨ」

「んー？」

聖将は枕の高さを調整してやったり、タオルケットをかけ直したりしている。なんだか一瞬、ほんとうに一瞬、こういう未来もあるんじゃないかと錯覚してしまう。

「俺さ……美弥子とよりを戻すことにした」

あーなんだこれサイテーだな、と思ったけど、それしかとっさに浮かばなかった。

「――え？」

聖将の顔が強張った。それでも俺はあえて、なんでもないように続けた。

「やっぱ、なんていうか、美弥子といるとしっくりくるっていうか……」

聖将がふらりとこちらにやってくる。

「嘘だよね？」

「嘘でこんなこと言わないだろフツー」

「なんで？　だって俺のために美弥子さんと別れたんだろ？」

「あーだからさー、それなんだよなー」

わざとかったるそうな仕草で髪をかき上げる。

「多分マンネリだったんだよな、俺と美弥子。そこに君が現れて、まあなんとなく新鮮に見えたっつーか。んー刺激？　きっとそういうのを無意識に求めてたのかな。でもやっぱ、刺激もだんだん退屈になってくるじゃん。美弥子といるのが一番だなってあらためて——」

「いやだ！」

「いやだっていってもな」

「俺と雄哉はずっと一緒だろ？　そういう運命じゃないのかよ」

不覚にも泣きそうになる。が、こらえた。

「まあ明らかに運命じゃないんじゃねえの？　男同士でさ」

聖将の目が見開かれた。こぶしが震えている。

「でも……嘘だ……」

声が小さく、震えている。

「俺、美弥子と結婚するんだ」

もう、こうでも言わないとダメだろうなと思った。

「——結婚？　なんでいきなり」

「美弥子が妊娠した」

反吐が出そうだ。美弥子にも失礼だ。クッソ最低だな俺は。

「そんな……」

歯を食いしばっている聖将の目から、しずくがこぼれた。それが頰を伝い、握りしめたこぶしに落ちる。

いっそ。

いっそ殴ってくれ——

「俺たちには、将来なんてなかったんだよ——最初からな」

鼻で笑ってみた。そうすると、確かに最初からなかったんだと実感した。存在するはずのない幻を、俺は必死で見ようとしていただけだったんだ。

「ってことで帰ってくれ」

「……今日、こんな話をするつもりだったの？」

「ああ」

「なんで？　せっかく初めて来たのに」

「ばーちゃんの前なら、お前も無茶しねえだろうと思って」

聖将は涙で濡れた目で、俺を睨みつけた。その目がこの間の親父さんそっくりで、ああやっぱり親子なんだなあと思った。

聖将が無言で和室を走り抜け、そのまま玄関を出る。暴風雨の中、傘もささずにアパートの階段を降り、道を駆けていった。

雨にけむる町並みに聖将の背中が見えなくなると、俺は荒々しくドアを閉めた。

こんなはずじゃなかったのに。

涙があふれて止まらなかった。

家の中を振り返ると、そこここに聖将の残像が見える。

聖将が立っていた玄関、聖将がコーヒーを飲んだテーブル、聖将が座ってお粥をやってくれたソファ、梅肉をすりつぶしてくれた台所——それらを目にするたび、俺は苦しみにのたうち回るのだ。

屈した自分が悔しいのでも情けないのでもない。きっとこれが、確かに最善なのだろうと心のどこかでわかったからだ。

未来なんてなかったんだ——初めから。

この痛みが消える日なんて、本当に来るんだろうか。

聖将のことを忘れて笑える日が。

俺は聖将の座っていたソファにくずおれて、顔を覆って泣いた。祖母が不思議そうに、そんな俺をじっと見つめていた。

唐突な別れから、二週間以上が過ぎた。

祖母の世話に明け暮れた盆休みが終わり、台風がひとつ去り、また新しいのが近づいていた。八月もそろそろ終わる。

聖将とは一切連絡を取っていない。ＬＩＮＥもメールもブロックしたし、電話は着信拒否にした。もちろんアドレス帳に登録してあった聖将の連絡先は全て消去してある。

どんなに忘れようとしても、ふとした瞬間に聖将のことを思い浮かべてしまう。その度に全身が粉々になりそうになるが、これでよかったのだという思いは日々強くなっていく。誰にも祝福されることのない関係は、虚しい。聖将には幸せになってほしい。日陰でなく、ひなたを歩いてほしい。愛しているからこそ、なおさら。

今日は夕方から訪問入浴があり、大雨の中、看護師とヘルパーさんの三人が来てくれた。看護師が祖母の体温や血圧を確認し、入浴の許可が出る。

和室にビニールシートが敷かれ、その上に組み立て式の浴槽が設置される。湯を張ると、ヘルパーさんが祖母を抱えて入れてくれた。

「ばーちゃん、よかったなあ。気持ちいいなあ」

俺が洗髪する間に、ヘルパーさんが体を洗ってくれる。いつも土色をしている肌に赤みが差し、眉間に深く刻まれたシワもゆるむ。祖母はリラックスし、心地良さそうにしていた。

入浴が終わると、ヘルパーさんたちが湯を抜いて浴槽を分解し、てきぱきと備品を運び出して帰って行った。まだ室内から湯の香りが消えないうちに、すぐインターフォンが鳴る。忘れ物かと思い、何の心構えもせずにドアを開けた。

聖将が立っていた。

「なんでメールも電話も通じねーんだよ。ずっと連絡してんのに」

開口一番にまくしたてる。

「美弥子さんが妊娠したとか結婚するとか、嘘なんだろ？」

いきなりで、どう答えていいかわからなかった。

「いや、本当だよ」

やっと言った。

「嘘だよ。俺、美弥子さんに聞いたもん」

「——え？」

「この間、俺んちの周りうろうろしてたんだ」

「美弥子が……？」

「謝られたよ、手紙のこと」

また何かをしに行ったのだろうかとひやりとしたが、そうではなかった。手紙を投函してから冷静になって後悔し、気になって様子を見に行ったらしい。

「――そうか」

「知らなかったからびっくりした。俺は受け取ってないし、オカンに訊いても知らないって驚いてた。あとは……オヤジしかいねえだろ」

美弥子が郵便受けに入れたとして、読むのは母親か聖将の可能性もあった。それなのに父親の手に渡ったとすれば、すでにそこから運命が決まっていたような気がする。

「オヤジを問い詰めたら……手紙を見て、雄哉に会ったって」

そこまで話してしまったのか。

「別れろって言われたんだろ、オヤジに」

「お父さんは関係ないよ。もともと別れるべきだと思ってた」

「ふざけんなよ。んなわけねーだろ！」

コンビニから戻ってきたらしい隣の住民が、鍵を開けながらちらちら見ている。俺は聖将を招き入れ、食卓につかせた。

祖母がいびきをかいているのを確かめ、ふすまを閉める。

「俺たちが一緒にいても、いいことなんてないんだよ」

麦茶を淹れて、聖将と自分の前に置いた。

「はあ?」

「お前は、俺のことを学校の友達に話せるか?」

聖将が黙り込む。

「話せないよな? 俺だって同じだ。大学の友達にキヨとの関係をオープンにするつもりはない。二年後には就職するけど、きっとそこでも秘密にするだろうね」

俺は渇ききった口に、麦茶を流し込んだ。

「お前はお母さんにカミングアウトする道を選んだけど、俺は自分の父親に伝える気はない。もし祖母が元気でも、きっとしないだろうな。父も祖母も古い考えの人間だ。同性愛を受け入れられないとかじゃなくて、二人の意識には存在すらしていないんだ」

聖将は、ぐっと頰を引き締めて聞いている。

「俺といる限り、キヨは日陰者なんだ。お前には普通の恋愛をして、普通の人生を歩んでほしい。これは本心だよ」

「普通、普通って」

聖将が射貫くような目で俺を見た。

「俺にとっては、これが普通なんだよ！」

その言葉に、胸をつかれる。

「別にいいじゃん、誰にもわかってもらえなくたって。お互いが、お互いの味方になればいいじゃん。それ以上、何が必要なの」

「キヨは若いからそんなことを言えるんだ」

「雄哉だって、まだ二十歳じゃんかよ」

「だけど――」

「そりゃあさ、俺たちがずっと愛し合っていける保証はない。それはどんな恋人でも、夫婦でも同じだ。誰にも先なんてわからない。一生愛し合えたかどうかなんて、死ぬ時になって初めて結果が出るもんだろ?」

聖将が一生懸命訴えかけてくる。

「だから今を大切にするべきなんだよ。今が無ければ未来もない。二人で努力して、積み重ねていけばいいじゃん。今、俺は雄哉が大好きで、雄哉だって同じだ。どうして別れる必要がある?」

聖将が無垢な瞳を向けて、まっすぐ問いかけてきた。

このひたむきさが眩しい。

信じてみたくなる。

この先になにかあるのではないかと。

ずっと道は続いているのではないかと。

「だけどお前のお父さんを悲しませてまで――」

「関係ねえって！　さっきオヤジにもはっきり言ってやった」

最悪だ。結局、俺のせいで家族が崩壊しかけている。俺は大きくため息をつく。

「お父さんは何て？」

「いや、めちゃくちゃ怒ってたけど」

「当たり前だ」

俺は目をつぶって目頭を揉んだ。

「頼むよ。もう一度、オヤジと話をしてくれ」

「それは……」

「だって雄哉は、オヤジに反論してくれてないよね。オヤジ、言ってたよ。雄哉は納得してくれてたみたいだって」

聖将は悲しそうに言った。

「でもそれが雄哉の本心じゃないって、俺はわかってる。最初で最後でいい。オヤジにぶつかってくれよ。このままじゃ、諦めきれない」

俺は深くため息をついた。

「ぶつかったって……どっちみちダメだよ」

「それでもいい」

「よかないだろ」

「いいんだ。そうしてくれたら、俺は雄哉を信じる。しばらく会えなくなっても、信じて待てるよ」

「しばらくって」

「受験が終わるまで。俺、勉強嫌いだけど頑張る。S大か、同じくらい良い大学に合格する。その後はもう誰にも文句を言わせないよ」

力強く言い切り、じっと俺の言葉を待った。

「キヨって、こんなに頑固だったのか」

「知らなかった?」

顔を見合わせ、ふっと笑う。俺は諦めて、やれやれと首を振った。

「いつお父さんに会えばいい?」

「明日。昼頃に連れてくるって言ってある」

「なんだよ。もう決定してたのか」

天井を仰ぐ。すっかり聖将のペースにはまっていた。

「俺、今日ここに泊まる」

「は？」

「オヤジと家にいたくないから」

「キヨが家出しようが勝手だが、それだけは絶対にやめてくれ。余計に印象が悪くなる」

「えー。でも帰らないって啖呵切っちゃった」

「明日、会った瞬間に殺されるよ」

「うーん……じゃあテツんちに泊めてもらう」

「そうしてくれ」

「明日、ここの駅まで迎えに来るからね」

聖将は麦茶を飲み干すと立ち上がり、玄関で靴をはいた。

「雄哉の気持ちがわかってよかった。俺もう、本当にそれだけで幸せだから。じゃあ、また明日！」

聖将は俺にキスをすると、この間と同じくらい激しい雨の中を帰って行った。今回は傘を差し、何度も笑顔で振り返っては、名残惜しそうに手を振る。

明日のことを考えると、気が重かった。

それでも聖将が信じてくれるのなら立ち向かってやろうと、手を振り返しながら強く決意した。


夜のうちに台風が抜け、翌朝は雲ひとつない青空が広がっていた。

昼前に訪問ヘルパーさんと入れ替わりに家を出ると、駅へ向かう。聖将とは地下鉄の改札で待ち合わせていた。

「おはよう」

「うん」

互いに言葉少なく、ホームに入る。昨日は威勢がよかった聖将も、さすがに緊張を隠せないようだ。

入線した電車に乗り込んだものの、揺られる度、えずくように気分が悪くなる。けれども聖将が微笑みかけてくれて、俺は勇気を取り戻した。

ついに杉山家の最寄り駅に到着する。冷房で冷え切った体に、熱風が押し寄せてきた。一瞬めまいがし、少しの間ホームに立ち尽くす。

「大丈夫?」

聖将が不安げに俺を覗き込む。

「ああ。行こうか」

帰りにこのホームに立つ時、俺はどんな気持ちでいるんだろう。

地下の改札を抜け、出口へと階段を上がっていく。足取りはどんどん重く、胃が縮みあがり、また吐きそうになってきた。ふと隣を見ると、聖将も血の気のない顔をしている。

暗い階段の先に、切り取られたような明るい出入り口が見える。無言で昇り切ると、暗さに馴れていた目を光が刺し、思わず目を細めた。

その瞬間——何かが視界に入った。

……え？

出口すぐの正面にある駅周辺地図。その支柱に巻き付けられたものを見て、一瞬ハッとした。俺の視線に気がついたのか、聖将もそれを見る。少し驚いていたが、横に首を振った。

「偶然だよ」と。

そうだよな、偶然に決まってる。苦笑して聖将の家へと向かった。駅周辺地図を左に行って、そのまままっすぐ。二つ目の信号で左に折れた。

そして俺たちは、また立ち止まる。さっきと同じものが、今度は標識の支柱に巻き付けられていた。

俺たちは顔を見合わせ、どちらからともなく走り出す。杉山家は、さらにその先の路地を右だ。曲がった途端、やはりそれはあった。しかも角から杉山家に至るまで、道沿いに立つ電信柱や街路樹の幹、カーブミラーの支柱にいくつも結ばれ、風にひるがえっている。

リボン、
リボン、
リボン。

レインボーカラーのリボン。

俺たちはそれらに導かれるように家までたどり着き——門扉にしっかりと結びつけられた、ひときわ大きなリボンに言葉を失う。

これは……

これは一体……?

「あ、来た来た！」

太陽の日差しよりも明るい声がして、聖将の母親が玄関から顔を出した。

「暑かったでしょ。レモネード作ったの。庭で飲もう。そっちから回って」

それだけ言うと、また引っ込んでしまった。

ぽかんとしていたら、聖将が「行ってみよう」とごく自然に俺の手を取った。

手を引かれて門から直接庭へ回り、そこでの光景に俺たちはまた息を呑んだ。

庭の中央には大きなガーデンパラソルがあり、そのてっぺんから放射されるように、何本ものリボンが庭を囲むフェンスや植木へと渡されて結ばれている。幅十センチはありそうなリボンは空中に幾重にもおり重なって、風をはらんで揺れて、まるで虹のなかにいるような心地にさせられた。

「お待たせ。さあ座って座って」

母親がガラス製のジャグを持って、リビングの掃き出し窓から出てくる。ジャグはレモンの輪切りと大きな氷がごろごろと入ったレモネードで満たされていた。パラソルの下に白いガーデンテーブルとチェアがあり、そこに俺たちは座った。

「ちょっと莉緒、肝心なの忘れてる」

優美おばさんが重ねたグラスを持って窓から出てきた。

「いらっしゃい。ってわたしの家じゃないけど」

いつもと同じ台詞を口にしながら、レモネードをグラスになみなみと注ぐ。

「今日も暑いけど、せっかく久しぶりに晴れたんだから庭がいいねって、物置からパラソル引っ張り出してきたのよ。まーこれ飲めば暑さも吹き飛ぶから。はちみつ多めにしたからめっちゃ美味しいよ」

「優美、うちらは焼酎レモネードにしよう。やっぱこれがなくちゃ」

母親が焼酎の紙パックと炭酸水のボトルを、いそいそと追加で持ってくる。

なんなんだろう。玉砕する覚悟で来たのに。ちらりと隣を見ると、聖将も戸惑ったようにきょろきょろしている。

「あの……今日、お父さんは……」

「ああイネちゃん？　もう戻ってくるんじゃない？　リボン結びに走り回ってたから」

ということは、あのレインボーカラーのリボンを駅からここまで結んでくれたのは父親だったのか。

「コンビニルートと公園ルートとどっちかわからないからって、両方行ってる。ばかだよね。あとで回収するの大変なのに。だけどイネちゃんらしい」

反対していたのに、どうして……？

混乱しているうちに、父親が庭に入ってきた。俺と聖将は、反射的に立ち上がる。

「ああ……もう着いとったんかいな」

ちょっと気まずそうに目をそらしながら、首から掛けたタオルで顔中に噴き出た汗を拭っている。

「あの……」

お父さん、と呼び掛けていいか迷い、控えることにする。

「これはいったい……？」

空に張り巡らされたリボンを示すと、父親は首の後ろを掻いた。

「いや……僕もあれからものすごく考えて……莉緒ちゃんや優美ちゃんともよぉ話しおうて……いろんな本も読み漁って……」

父親は言い淀んでいたが、俺をまっすぐに見た。

「せやけど、やっぱり理解できん。受け入れられへん。他人やったら別にいい。だけど、なんでよりによって自分の息子がって、悔しくて。なんでわざわざ辛い人生を選ぶんや、日陰に行くんやって腹が立って」

父親はそこまで話すと、椅子に腰かけた。

「だけど聖将に『日陰に追いやってるのはオヤジだ』って言われて……ギクッとした。それだけはあかんと思った。だからって正直、君ら二人をどう扱っていいかわからん。積極的に応援はできない。したくない。だけど反対や批判はするべきやない。昨日一晩寝ないで、朝までどうしたらいいかずっとずっと考えて、それで――」

父親は両手を広げて、天にかざした。

「――これや。とりあえず、今日は君たちを受け入れようと思って」

夏の日差しをプリズムで透かしたような、七色の光。

「はっきり言って、きれいごとや。ファンタジーかもしれん。でも、それでええと思った。黄色いハンカチの映画でも、もしかしたら次の日に主人公と妻は別れたかもしれんやん。だけどあの瞬間はお互いを受け入れたんやろ？　それが大事なんと違うか。だから僕は今日、受け入れた。明日はわからん。明日になったらリボンをハサミでジョキジョキに切って漂白剤で真っ白にするかもしらん。でももし明日がダメでもあさっては受け入れたいと思う可能性もある。先のことは正直わからへん。だけどそんな風に毎日積み重ねていけたらって……まあ、そんなとこや」

そこまで一気にしゃべると、照れを隠すように「あー喉がカラカラや。朝からユザワヤやらハンズを回ってリボンを買い集めてたんやからな。六色のは売ってへんかったけど、我ながらここまでよう集めたもんや」とテーブルのグラスを摑んでレモネードを一気に飲み干した。

「わ！　なんやこれ、酒が入っとるやん！」

大げさにむせてみせ、「もーオヤジはー」と聖将が背中を叩いてやっている。聖将の目には、涙が浮かんでいた。

俺は信じられない思いで、みんなを見回した。受け入れてもらえた。今日だけだけど。明日はわからないけれど。だけど今、確かに認められている――

「イネちゃんは毎日更新らしいけど、わたしと莉緒はずーっと味方だからね」

「そうだよ。ねー」

優美おばさんと母親が、顔を見合わせて微笑む。

誰にも祝福されない関係だと思っていた。

ずっと日陰に隠れていなければならないと。

けれどもここに、確かに味方がいる。これから先、心が折れるような苦難にぶつかっても、この人たちがいてくれるだけでなんと心強いことだろう。

――ああ、そうか。

俺たちは日陰にいるんじゃない。

木陰にいるんだ。

俺と聖将が好奇の日差しに灼かれ、中傷の雨風に打たれ、嫌悪の吹雪に心を凍らされることがあっても、この人たちは精いっぱいその枝をはり、豊かな葉を繁らせて、俺たちを守り休息させてくれる。そうすれば俺たちはふたたび力を蓄え、さらに空高く羽ばたいていけるはずだ。

これはハッピーエンドではなくて。

ひとつの通過点に過ぎなくて。

けれども驚くほどの輝きと奇蹟に満ちた瞬間なんだ。

「あーもう。酒でも飲まんとやってられへん」

父親がレモネードと焼酎をグラスに注ぐと、また豪快にあおった。

「ねぇイネちゃん。理解を深めたいならピッタリの教材があるよ。『復讐のプレリュード』でしょ、『銀幕のパラダイス』でしょ」

「こ、こら優美!」

「へ? それ何のタイトルなん?」

「何でもないの。さぁ飲もう、氷が溶けちゃうよ」

「はいはい。じゃあみんな、グラス持って」

「かんぱーい」

グラスを合わせる涼やかな音が、真夏の庭に響く。

ふと隣を見ると、聖将が声を殺し、肩を震わせて泣いていた。

俺も涙がこぼれないように眩しい青空を仰ぐ。

潤んだ視界いっぱいに、無敵の虹がひるがえっていた。

装画　丹地陽子
装幀　鈴木久美

本書は、2020年12月、
株式会社U-NEXTより電子書籍として刊行されました。

秋吉理香子（あきよし・りかこ）

兵庫県生まれ。早稲田大学第一文学部卒業。ロヨラ・メリーマウント大学院で映画・TV製作の修士号を取得。2008年、短編「雪の花」で第3回「Yahoo! JAPAN文学賞」を受賞。翌年、同作を含む短編集『雪の花』で作家デビューを果たした。ダークミステリー『暗黒女子』は話題となり、映画化もされた。他の作品に『絶対正義』『サイレンス』『ジゼル』『眠れる美女』『婚活中毒』『灼熱』などがある。

息子《むすこ》のボーイフレンド

2021年3月25日　第1刷発行
2021年3月25日　第2刷発行

著　者　秋吉理香子《あきよしりかこ》
発行者　マイケル・ステイリー
発行所　株式会社U-NEXT
〒141-0021
東京都品川区上大崎3-1-1
目黒セントラルスクエア
電　話　03-6741-4422
048-487-9878（受注専用）
営業窓口　サンクチュアリ出版
〒113-0023
東京都文京区向丘2-14-9
電　話　03-5834-2507
ＦＡＸ　03-5834-2508（受注専用）
印刷所　豊国印刷株式会社
製本所　株式会社国宝社

ISBN 978-4-910207-11-7 C0093